권능의 반지

권능의 반지 4

초판 1쇄 인쇄일 2015년 12월 18일 ㅣ **초판 1쇄 발행일** 2015년 12월 22일

지은이 김종혁 ㅣ **펴낸이** 곽중열 ㅣ **담당편집 팀장** 이범수
편집부 신연제 이윤아 김호성 김은경

펴낸곳 (주)조은세상 ㅣ 출판등록 제 2002-23호
주소 경기도 연천군 미산면 청정로 1355
TEL 편집부 02)587-2966 ㅣ FAX 02)587-2922
e-mail bukdu@comics21c.co.kr

ⓒ김종혁 2015
ISBN 979-11-5832-393-6 ㅣ ISBN 979-11-5832-320-2(set) ㅣ 값 8,000원

권능의 반지

김종혁 현대판타지 장편소설

NEO MODERN FANTASY STORY

4

북두
(주)좋은세상

권능의 반지

NEO MODERN FANTASY STORY

권능의 반지

76화.
큰 싸움에는 큰 부상이 따른다

권능의 반지

76화. 큰 싸움에는 큰 부상이 따른다

NEO MODERN FANTASY STORY

많은 매체들은 끊어진 의식이 돌아왔을 때, 보통 눈꺼풀 사이로 빛이 들어오는 걸 표현한다.

하지만 현실은 그렇지 않았다.

아팠다. 지랄 맞게.

"으… 어…."

고통에 몸부림치며 신음만 내뱉길 잠시.

"괘, 괜찮아? 일어났어?"

문득 시연의 목소리와 함께 흐느끼는 소리가 들려왔다.

"여기… 어디야?"

"병원이야. 부상 심해서 바로 헬기로 후송됐어. 어, 어디 아픈 곳 없어? 간호사 부를까?"

아픈 곳 없냐는 말에 온 몸을 점검했다.

두통이 굉장히 심했다. 누가 드릴을 대고 있는 것 같았다.

심장 통증이 느껴졌다. 이상이 있는 게 분명 했다.

몸을 움직일 때 마다 근육이 비명을 질렀다.

'재생… 재생은?'

물어봐도 돌아오는 대답은 없었다. 단지 재생을 생각하자마자 온 몸의 힘이 빠져나가는 것 같은 기분이 들었다.

가속을 위해 신진대사를 가속하는 과정이었지만, 반지의 설명이 없….

반지가 없다.

생각이 닿자마자 물었다.

"칼콘은?"

반지를 끼워놓긴 했지만, 팔과 다리가 절단 된 치명상이었다. 아무리 생명 유지 기능이 있다고 한들, 어떻게 됐을 지는 아무도 몰랐다.

시연은 고개를 푹 숙이며 말했다.

"살아는… 있어."

살아 있다.

살아는 있다.

단지 글자 차이였지만, 그 속에 든 뜻은 무거웠다.

가슴 속에 가래라도 낀 듯 답답해졌다.

"확인해 봐야겠어."

몸을 일으키려고 하자, 고통과 함께 덕지덕지 붙은 튜브들이 따라왔다.

'이게 뭔…?'

영양제 및 항생제 그리고 이름 모를 의약품이 동시에 투여되고 있었다.

"움직이면 안 돼! 무조건 쉬어야 한다고 했단 말이야!"

시연이 화들짝 놀라며 제지했다.

슬쩍 몸을 내려다봤다.

외상은 없었으나, 고통을 볼 때 내장이 상한 것 같았다.

아마 몇 걸음만 걸어도 고통에 짓눌릴게 분명했다. 다 아는 사실이었음에도, 지훈은 묵묵히 걸음을 옮겼다.

'칼콘, 절대 죽으면 안 된다.'

시연의 만류와 간호사 및 의사들까지 달려와 말렸음에도, 모두 무시하고 칼콘이 있는 병실로 향했다.

"문 좀 열어 줘."

손에 힘이 들어가질 않아 시연에게 부탁했다.

"보면 충격 받을 지도 몰라."

"상관없어."

드르륵.

문이 열리자 칼콘이 휠체어에 앉아 있는 모습이 보였다.

마치 날개 꺾인 새 마냥, 공허한 표정이었으나 그는 애써 얼굴에 미소를 드리웠다.

"안녕."

인사를 하려고 했던 걸까?

무의식중에 칼콘의 좌측 상완을 꿈틀거렸다. 하지만 이내 없다는 걸 깨닫고는 오른 손으로 대신했다.

어색한 침묵이 감돌았다.

"우와, 지훈 봐봐. 꼴이 말이 아닌데?"

분위기 환기를 위한 농이었지만, 웃을 수 없었다.

도리어 볼을 타고 눈물이 흘러내렸다.

"씨발… 살아서 다행이다, 이 새끼야 얼마나 걱정했는지 알아? 진짜 금방이라도 죽을 줄 알고 엄청 놀랐잖아…."

"거짓말 하지 마. 지훈이 내 걱정을 한다고?"

"됐어, 개놈아. 어디 아픈 곳은 없어?"

"하나도 안 아…프진 않고, 상처는 조금 쓰리네. 그러는 지훈은 좀 어때?"

아파서 죽을 것 같았음에도 입에는 거짓을 담았다. 아무리 심해봐야 칼콘만큼은 아니는 걸 알기 때문이었다.

"근데 이거 어떡하지. 아직도 빚이 1개 남아있어. 남은 두 쪽도 미리 상납할 테니 퉁 쳐주면 안 돼?"

칼콘은 애써 분위기를 살리려는 듯 농담을 건넸지만, 도리어 분위기만 어두워졌다.

"그딴 거 필요 없어."

오크 사회에 있어서 장애인은 곧 사망자와 다를 바 없음을 둘 다 너무나도 잘 알기 때문이었다.

고통과 침울함만 가득한 분위기 속에서 둘은 몇 마디 얘기를 주고받고 다시 돌아왔다.

오는 길에는 시연의 도움을 받아 휠체어를 타고 이동했다.

✧

얼마 후 민우, 가백, 지현이 찾아왔다.

시연의 전화를 받은 것 같았다.

울적한 기분을 살려주기 위해서인지, 과장 된 파티 및 인사치레가 오갔다. 다들 애써 웃으려고 했다.

"오다 잡았다. 이거 먹어라. 아플 때는 고기가 약이다."

가백이 수육을 내밀었다. 돈이 없으니 아마 민우 것으로 산 주제 생색은 제가 다 냈다.

"형님, 어울리지 않게 무슨 병원 신세입니까. 빨리 일어나서 드롭킥 차세요."

민우는 농과 함께 두유 음료를 건넸다.

"꺼져, 인마. 제대로 차면 뼈 부러진다."

픽 웃으며 욕을 돌려줬다.

"아 씨, 내가 뭐랬어. 괜히 무리하다가 다치지 말라고 했어, 안 했어! 또라이야! 그러다 진짜 뒤진다고!"

"아파! 아프다고, 미친년아! 환자인 거 안 보이냐!"

반면 지현은 지훈을 때렸다.

고통을 참을 수 없어 제지하니, 울음을 터트렸다.

"돈 없어도 되니까 제발 다치지 마… 오빠 없으면 나 이제 완전 혼자란 말이야… 응…?"

그에 전염됐는지, 시연도 조용히 울음을 터트렸다.

그 모습에 눈가가 간지러웠지만 꾹 참았다.

"죽긴 누가 죽냐. 미래의 네 남편 놈한테 샷건 갈기기 전까지는 절대 안 죽어. 아니 못 죽어. 그러니까 걱정 마라."

"다 뒈져가면서 허풍은 진짜… 킁."

농에 슬픔이 좀 날아간 걸까?

지현이 코를 훌쩍거리며 투덜거렸다.

반면 민우는 샷건이라는 말에 살짝 꿈찔했다.

이후 시연은 연구실에 가봐야 했기에 지현과 교대했고, 민우와 가벡은 칼콘 쪽을 보러 갔다.

"잠깐. 저번에 보니까 아무도 없던데, 톨퐁은?"

여자 친구라고 무조건 인생 올인하며 남자 친구 병원에 있어야 한다는 법은 없었다.

그래도 여태 한 번도 못 봤었기에 물었다.

민우가 살짝 이빨을 드러내며 적의를 표시했다.

"칼콘 다치자마자 바로 도망갔어요. 대신 제가 격일로라도 병간호하고 있습니다."

결혼을 한 것도 아닌 단순 연애 관계였다.

씁쓸했지만 뭐라고 할 수 없는 부분이었다.

어떻게 보면 빠르게 끊어 주는 게 나을 수도 있었다.

"애 상태가 좀 안 좋더라… 크라토스 같은 것도 좀 보여주고, 산책도 많이 시켜주고 해."

"네. 요즘 전쟁 하는 보드게임 사서 같이 하고 있어요."

호전적인 종족이니 그나마 게임으로라도 전쟁을 접하게 해주려는 생각인 듯싶었다.

칼콘 역시 흥미를 보이긴 했다.

하지만 게임을 할 때 마다 자기가 장애인이 됐다는 사실이 떠오르는지, 내심 씁쓸한 표정을 짓기 일쑤였다.

"신경써줘서 고맙다."

"…아닙니다, 형님."

민우는 병실에서 나오자마자 주먹을 꽉 쥐었다.

'내가 그 때 도망치지 않았으면 이렇게 되지 않았을 지도 모르는데… 씨발… 나는 왜….'

억울했다. 비참했다.

동료를 지키지 못한 본인의 실력이 한심스러웠다.

가벡이 조용히 지켜보다 입을 열었다.

"너보다 강한 자를 지키려고 하는 건 오만이다. 너를 탓할 게 없어. 너 같은 게 나서봐야 개죽음이다."

"닥쳐! 네가 뭘 알아! 나는… 나는 항상 도망치기만 했어!"

그게 너무나도 싫었다.

앞장서서 일을 처리하고 싶었고 동료를 지키고 싶었다.

하지만 항상 하는 일이라곤 후방 보조 및 탐색이 다였다.

민우는 그런 자신이 한심하다고 생각했다.

가벡은 더 이상 아무 말도 하지 않았다.

가만히 내버려 두는 게 더 좋음을 알기 때문이었다.

✥

그렇게 일주일이 지났다.

부상에 대한 침울함도 잠시.

시간에 낫지 못하는 병이 없다는 것처럼, 다들 분위기가 한결 나아졌다. 다들 그런 척을 하는지, 아닌지는 몰랐지만.

"신기하네요, 뇌랑 심장 손상이 심해서 곧 죽어도 이상하지 않을 상처였는데…."

회진을 돌던 의사는 검사 결과를 보곤 입술을 매만졌다.

"혹시 재생이나 강화계통 변이가 있으세요?"

몇몇 헌터들은 트롤이나 가고일 같은 몬스터를 사냥하다가 끔찍한 질병에 감염되기도 했다.

일반인 기준 치사율이 90%가 넘어가는 병이었지만, 그 병을 이겨내면 독특한 변이가 생겼으니… 그게 재생이었다.

지훈 경우에는 아쵸푸므자가 변이계통 마나를 강제로 주입해 생긴 변이였지만, 일단은 입 다물고 있었다.

"검사를 해 본적이 있어야 알지."

의사를 별로 좋아하지 않았던지라 작게 이죽거렸다.

"일단 정상생활 하셔도 지장 없을 정도로 몸이 나아졌습니다. 약물 치료 때문인지, 자연 재생 때문인지는 아직 확실치 않으니 일단 검사를 더….”

“어차피 병원에 좀 더 있을 생각이니 알아서들 하고. 볼 일 끝났으면 빨리 가쇼. TV봐야 하니까.”

의사는 가볍게 고개만 끄덕이고 사라졌다.

“금방 나아서 다행이다… 진짜 얼마나 걱정한 줄 알아?”

시연이 눈물을 글썽거리며 팔을 두들겼다.

“내가 몸조심하라고 몇 번이나 얘기했는데! 진짜 못됐어, 나 너 죽는 줄 알고 전부 내팽개치고 병원에만 틀어박혀 있었단 말이야!”

다치고 싶어서 다친 건 아니었지만, 일단 걱정 끼친 건 맞았기에 조용히 맞아줬다.

몸이 다 나은 탓에 전혀 아프지 않았지만, 반성 차원에서 살짝 아픈 척을 했다.

“이제 거의 다 나았어. 안 와도 된다니까 그러네.”

“싫어. 못 믿어. 퇴원 할 때 까지 계속 있을 거야.”

가라고 했음에도 시연은 도끼눈만 떴다.

절대 움직이지 않겠다는 의사표현이었다.

‘말은 안 듣지만, 그래도 고맙네.’

마음을 담아 쓰다듬으니, 시연이 그제야 표정을 풀었다.

“나 어디 좀 나갔다 올게.”

“어디 가는데?”

“칼콘한테.”

오늘은 민우와 가벡이 오지 않는 날이었다.

아마 혼자서 외로울 터였다.

"같이 갈까? 나도 칼콘씨랑 얘기도 좀 하게."

"아니. 둘이서 좀 할 얘기가 있어."

시연은 자기가 낄 자리가 아니라는 것을 깨닫고 고개를 끄덕였다. 대신 금방 사과를 깎아서 건네줬다.

"요즘 칼콘씨 많이 힘들어 보이더라. 힘내라고 전해 줘."

✧

사과 접시를 들고 칼콘 병실을 노크했다.

"들어와."

평소 장난기 넘치는 목소리가 아닌, 중저음의 쇳소리 잔뜩 들어간 소리가 돌아왔다.

병실 문을 열고 들어가니, 제일 먼저 TV 소리가 들려왔다.

– 아, 김동환선수! 야마모토를 그대로 찍어 누릅니다! 이대로면 야마모토 선수의 방패가 버티질 못할 텐데요!

쾅! 쾅! 쾅!

크라토스 중계경기였다.

칼콘은 슬픈 표정으로 TV를 보다가, 방문객이 지훈인걸 확인하곤 재빨리 채널을 돌렸다.

"어, 어? 뭐야. 지훈이었어?"

"뭐 그렇게 깜짝 놀라. 나는 오면 안 돼?"

"아니, 그런 건 아니야. 그냥 갑자기 찾아와서…."

평소라면 '언제든지 환영이지!' 했을 대답이 돌아왔을 터. 어째 팔 다리가 잘린 후 칼콘이 소심해 졌다는 생각이 떠나질 않았다.

그렇다고 걱정한다는 티 팍팍 내며 불편하게 만들 생각은 없었다. 이럴 때는 평소처럼 대해 주는 게 예의겠지.

"크라토스 마저 봐. 왜 갑자기 채널 돌려?"

"그냥. 얘기해야 하는데 시끄럽잖아."

"됐어. 우리가 언제 다정하게 수다 떨었냐?"

"으, 응. 그럴까…."

평소라면 위트 있게 받아 쳤겠지만, 현재의 칼콘은 그저 고개를 푹 숙인채 지훈의 말을 따르기만 했다.

갑작스러운 변화에 지훈은 가슴이 아려왔다.

"몸은 좀 괜찮아?"

"다행히 치료 받아서 거의 다 나아가."

"앞으로 어떻게 할 거래?"

"의수 할 거래. 가격 때문에 고민하고 있어."

"얼만데?"

칼콘은 대답 없이 웃었다. 단지 비싼 녀석은 둘이 합쳐도 감당하지 못할 가격이라고만 답해줬다.

캐물을까 싶었지만, 원치 않는 것 같아 그만뒀다.

"그나저나 신기해. 원래 죽었어야 할 상처인데, 이상하게 치료가 빨랐다고 하더라고."

반지의 영향이었다.

그 증거로 칼콘의 오른손에는 지훈이 끼워 준 권능의 반지
가 자리 잡고 있었다.

　"그 건으로 할 말이 있어."

권능의 반지

77화.

진실과 거짓 사이

권능의 반지

77화. 진실과 거짓 사이

NEO MODERN FANTASY STORY

싸늘했다. 공기 중에 바늘이라도 떠다니는 것 마냥, 온몸이 불편했다. 살갗을 찢고 들어올 것 같은 날카로운 침묵.

가만히 있어도 누군가 짓누르는 듯 어깨가 무겁고, 숨을 쉬는 것만으로도 폐가 따끔 거리는 것 같았다.

그 가운데 칼콘이 오른 손을 눈으로 훑으며 말했다.

"내 손에 이 반지가 껴져있더라? 의사들이 무슨 수를 써서라도 빼려고 했는데 안 빠진다고 했어."

당연한 얘기였다. 권능의 반지는 사용자의 동의가 있지 않은 한에는 절대 빠지지 않는다.

"근데 이 반지… 지훈꺼 아니야? 이게 왜 내 손에 있어?"

칼콘이 조심스럽게 물었다.

반지와 대화를 나눠 봤는지, 아닌지는 알 수 없었다.

떠보는 것일 수도 있었고, 단순 호기심일 수도 있었다.

"내가 끼워놨어."

솔직하게 털어놨다.

원래대로라면 반지의 존재를 철저히 숨겼겠지만, 이번엔 어쩔 수 없었다. 비밀유지를 위해 친구를 죽게 내버려 둘 수는 없었다.

칼콘은 작게 고개를 끄덕이곤, 뜬금없는 얘기를 꺼냈다.

"지훈. 혹시 그 날 생각나? 묘지 파던 날."

기억 못할 리 없었다.

권능의 반지를 얻은 날이자, 인생이 바뀐 날 아니던가.

그 와 별개로, 질문을 받자 몸이 굳는 것을 느꼈다.

'역시 반지의 정체를 알아챈 건가'

생명을 살리기 위해 반 강제로 칼콘에게 반지를 끼웠다지만, 본디 욕심이란 끝이 없는 물건이었다.

자칫 잘못하면 예상치 못한 일이 벌어질 수도 있었다.

살얼음판 위를 걷는 듯, 위태위태한 기분이 들었다.

"그 날… 지훈이 혼자서 뭐라 중얼거렸잖아."

"그랬었지. 그게 왜."

"나 그거 왜 그랬는지 알 것 같아. 이 반지 도대체 뭐야?"

이미 다 알고 묻는 질문 같았다.

오리발을 내밀어야 할까, 아니면 순순히 인정해야 할까.

진실과 거짓.

본능과 이성.

머리와 가슴.

많은 선택 사이로 지훈이 말은 답은 하나였다.

"권능의 반지다."

혀를 움직이며 뜨거운 진심을 내뱉으면서도, 머리는 차갑게 식어 최악의 경우를 대비했다.

만약 칼콘이 반지를 돌려주지 않는다면…?

만약 후환이 생길 것 같은 냄새가 난다면?

생각하고 싶지 않았다.

"왜 여태 말 안 했어?"

"분쟁을 낳을 수 있다고 생각했다."

아무리 사이좋은 친구라 할지라도 돈 거래를 하지 말라는 격언이 있듯, 탐욕은 인간의 눈을 멀게 만들었다.

그건 가진 자, 못 가진 자 양쪽 다 적용되는 얘기였다.

못 가진 자가 탐욕을 채우기 위해 양심을 판다면,

가진 자는 탐욕을 뺏기지 않기 위해 불신을 삼킨다.

지훈은 사실을 말하면 반지를 뺏길 수도 있을 거라 생각했다. 그만큼 반지는 매력적이고, 엄청난 아티펙트였다.

아무리 동료라 할지라도 배신을 속삭일 수 있을 만큼.

처음 싹튼 걱정은 곧 의심으로 자라났고, 그 의심은 불신의 열매를 맺었다. 그래서 숨겼다.

가족에게도, 연인에게도, 동료에게도.

다른 사람에게는 일절 얘기하지 않았다.

"날 믿지 못한 거야?"

제 목숨까지 던져가며 구해 준 이에게 불신 받았다는 사실을 알았기 때문일까?

칼콘은 조용히 고개를 돌렸다.

"미안하다."

그럴싸한 변명을 해서 칼콘을 설득할 수도 있었지만, 그러지 않았다. 더 이상 기만하고 싶지 않았기 때문이다.

그저 마음 속 깊은 곳에서 우러나온 사과의 뜻을 전했다.

"이해도 공감도 바라지 않아. 변명도 하지 않겠다. 비난해도 괜찮다."

칼콘은 아무 말 없이 고개를 돌렸다.

침묵 속으로 크라토스 해설이 끼어들었다.

– 무너집니다, 무너져요! 저런 반칙을 했다가는 앞으로 공정한 경기를 할 수 있다는 신뢰가 깨질 수도 있는데요!

"담배 있어?"

품 안에서 담배를 꺼내 칼콘의 손에 쥐어 줬다.

칙 – 칙. 화륵.

후읍 – 하아…

복잡한 감정들이 담배 연기와 함께 뿜어져 나왔다. 눈물 대신 연기를 토해내는 것 마냥, 둘은 한 동안 담배만 태웠다.

불편한 분위기가 살갗을 뚫을 듯 날카로워 질 때 쯤….

"informatsioon(정보)."

칼콘의 입에서 낯선 언어가 튀어나왔다.

[정보]

종족 : 오크

이블 포인트 : 58

성향 : 뉴트럴 (중립)

등급 : E등급 1티어

근력 : E 등급 (19)

민첩 : E 등급 (15)

저항 : E 등급 (11)

잠재 : E 등급 (17)

이능 : 감지 불가

마력 : 감지 불가

[신체 변이]

없음

[이능력]

없음

칼콘의 눈동자에 정보창이 떠올랐다. 그에 집중하자 지훈에게도 정보가 전송됐다.

'E등급인가.'

출중한 실력 외에도 전투 종족인 까닭인지, 시작부터 등급 및 능력치가 굉장히 높은 상태였다.

"나도 각성했어. 그 때 지훈이 왜 엎드렸는지 알 것 같아."

"많이 아팠냐."

"별로. 팔이랑 다리 때문에 신경 쓰지도 못했어."

"그래…."

각성을 했음에도 축하의 말을 건네지 못했다.

이미 팔, 다리가 없는 상태에서 각성해 봐야 헌팅을 나가지 못하기 때문이었다.

"조금만 더 일찍 끼워 줬으면, 그런 일도 일어나지 않았을 텐데… 근데 이해는 해. 나도 이런 물건이 있다는 사실을 알았다면, 뺏을까 하는 생각 한 번 쯤은 했을 것 같아."

"이해해 줘서 고맙다."

"근데도 나한테 반지를 끼워 준 거야?"

비밀이 새어나갈 위험을 왜 감수했냐는 질문이었다.

"널 살리고 싶었어. 그 외엔 아무것도 생각하지 않았다."

비밀을 지키기 위해선 칼콘의 목숨이 필요했다. 하지만 비밀을 포기한다면 칼콘을 살릴 수 있었다.

소중한 동료의 목숨과, 반지의 비밀.

아찔한 선택의 순간에 놓였을 때, 지훈은 한 치의 고민도

하지 않고 전자를 선택했다.

'동료가 죽어 가는데 비밀, 그딴 게 무슨 소용이야.'

칼콘은 한동안 생각을 하더니 감사 인사를 했다.

"고마워, 반지 덕분에 살았어. 하지만 조금만 더 날 믿어줬으면 하는 아쉬움이 남는 건 어쩔 수 없네."

대답하지 않았다. 진실을 말한 게 잘한 건지는 몰랐으나, 적어도 칼콘은 개운하다는 표정을 지었다.

"목숨 살려준 인간 표정이 왜 그래. 지훈은 잘 한 거야. 덕분에 내가 살아남았잖아."

"그렇게 생각해 줘서 고맙다."

어색한 침묵 속으로 칼콘이 조용히 손가락을 움직였다.

뭐 하나 봤더니 반지를 빼내려 하고 있었다.

"조용히 빼서 멋지게 건네주려고 했는데, 손이 하나밖에 없어서 빼질 못하겠어. 도와 줘."

"괜찮겠어?"

"어차피 다 회복돼서 이제는 없어도 될 것 같아."

"헌팅 갈 때 돌려줘도 돼. 조금 더 끼고 있어."

"지훈, 나는 이제 이런 거 필요 없어. 괜찮아."

이제 헌팅을 갈 수 없으니, 반지도 필요 없다는 뜻으로 들려 살짝 마음이 불편해졌다.

결국 칼콘을 이기지 못하고, 녀석에게 손을 얹었다.

"vabastamine(해제)."

그 누가 당겨도 절대 빠지지 않던 반지가 너무나도 쉽게 빠져나왔다. 지훈은 손에 들린 반지를 쳐다봤다.

"걱정 마, 비밀은 무덤까지 가져갈게."

"…고맙다."

"고맙기는 뭐가. 겨우 목숨 빚 갚나 했는데, 이번에도 결국 지훈한테 구해졌잖아. 아직도 2개라고."

어이없어서 픽 웃으니 그제야 분위기가 나아졌다.

"드디어 웃네. 여태껏 지훈이 어떤 표정 짓고 있었는지 알아? 누구 잡아먹을 것 같았어. 어휴, 무서워라."

"글쎄, 하나 잡아먹을 놈 있긴 하지."

이름 모를 흑인, 트레이닝 복, 화염 계통 발현계 강성자.

칼콘을 이렇게 만든 장본인.

줄곧 병원에만 있었단 탓에 죽었는지 살았는지도 몰랐다.

죽었다면 무덤을 파헤쳐 시체라도 잘근잘근 씹어 먹을 생각이었고, 살았다면 지구 그 어디에 있던 끝까지 찾아 이 세상에서 가장 끔찍하고 치욕스러운 죽음을 주겠다고 맹세했다.

'칼콘을 치료한 다음, 반드시 내 손으로 죽여주마.'

⊕

서울.

언더 다크 휘하 영리 병원.

파이로가 침대에 누워 항생제를 맞고 있었다.

그 위로 시체 구덩이 주인이 그를 내려다 봤다.

"파이로가 병원에 누워있다니, 진풍경이네."

"꺼져, 이 게이 새끼야. 네가 저격만 제대로 했어도…!"

반면 파이로는 주인을 보자 게거품을 물었다.

"이봐, 거리가 500도 더 됐어. 거기다 시속 50km로 달리는 놈을 어떻게 맞추라고 그래?"

물론 가속 이능 발동 중에는 맞출 수 없었지만, 마지막 일격 직전에는 분명 기회가 있었다.

파이로는 그 사실을 설명하며 욕지거리를 내뱉었지만, 주인은 그냥 픽 웃고만 말았을 뿐이었다.

"그냥 인정 해. 우리가 진거야, 파이로. 이거나 먹고 정신 차리라고."

주인은 파이로의 손에 베지말을 한 병 쥐어줬다.

"지금 누굴 능욕하는 거냐!"

부글부글… 펑!

파이로 손에 들려있던 베지말이 끓는가 싶더니 머지않아 터져버렸다. 파편이 튀었으나, 둘 다 반응하지 않았다.

"진정해, 그렇게 이능 남발해 봐야 몸만 상한다고."

"닥쳐라, 스토커. 난 더 이상 널 믿지 않는다."

"마음대로 해. 하지만 마지막 순간 널 구해준 건 나라는 걸 명심하라고."

파이로는 그 사실만은 부정할 수 없는지 이를 꽉 깨물었다.

'이 녀석이고, 저 녀석이고 전부 다 마음에 안 들어. 빌어먹을 황인종 새끼들… 언젠가 두놈 다 내 손으로 죽여주마.'

주인, 아니 스토커는 분노에 물든 파이로를 뒤로했다.

[파이로 완치까지 12주]

⊕

그로부터 3일 정도 흐르자 퇴원할 수 있었다.

"벌써 퇴원하는 거야? 역시 빠르네."

칼콘이 씩 웃으며 물었다. 반지에 대한 깊은 얘기를 터놓으면서, 신체 재생에 대한 걸 알았기 때문이었다.

"아무래도 이렇게 됐네. 너는?"

"상처 아물 때 까지 기다리고, 그 다음엔 재활 받아야지."

그나마 다행인 건 국가 임무 중 부상인지라 병원비가 전액 무료라는 점이었다. 물론 고액의 의수 구입은 예외였다.

"그래, 자주 들를 테니까 몸 만들고 있어."

"몸은 왜?"

"헌팅 나가야지, 새끼야."

진심으로 한 말이었으나, 칼콘은 헌팅이라는 말을 듣자마자 농담하지 말라며 웃어버렸다.

"지훈은 이제 뭐 할 거야?"

마음속으로 정해둔 일거리가 있었지만, 입을 다물었다.

"돈 벌어야지. 그래야 맛있는 사식도 잔뜩 사오지 않겠어?"

"에이, 고양이 사료에 소젖이면 된다니까?"

"마음에도 없는 말 집어 치워. 고기 잔뜩 먹여줄 테니까 빨리 낫기나 해라."

픽 웃는 칼콘을 뒤로하고 퇴원 수속을 밟으러 향했다.

원무실 쪽으로 가고 있자니 시연이 칭얼거렸다.

"그냥 이참에 건강 검진 쭉 하자, 응?"

아마 두 번 연달아 병원에 입원을 했으니 걱정이 하늘을 찌르는 모양이었다.

뭐 그건 그거고, 이건 이거였다. 아픈 곳도 없는데 병원에서 죽치고 앉아있을 수는 없었다.

"안 돼. 당장 해야 할 일이 있어."

"급한 거야?"

시연은 자기를 봐서라도 제발 좀 쉬라고 말했지만, 애써 쳐다보지 않았다.

"어쩔 수 없어."

"…미워."

결국 시연은 훌쩍거리며 자리를 벗어났다.

그 모습을 보고 있자니 발목에 무거운 족쇄가 걸린 느낌이었지만, 지금은 그보다 중요한 문제가 있었다.

칼콘을 원래대로 돌려놓을 방법을 찾아야만 했다.

권능의 반지

78화.

그을음 냄새가 나는 거래

권능의 반지

78화. 그을음 냄새가 나는 거래

NEO MODERN FANTASY STORY

지훈은 집에 도착하자마자 방법을 갈구했다.

제일 먼저 인터넷을 뒤져봤다.

비록 지훈이 세드에 살며 온갖 신기술을 직, 간접적으로 접했다지만 분명 모르는 정보도 있을 터였다.

'빌어먹을. 의수가 얼마 길래 저래?'

슬쩍 뒤져본 결과 일반 의수는 가격이 저렴했지만, 기계 의수부터 가격이 천차만별이었다.

일상생활까지는 단순 기계 의수로도 충분하겠지만, 지훈은 그 정도로 만족할 수는 없었다.

'예전만큼 자유로운 행동이 가능하게 해야 한다.'

물론 칼콘 기준 자유로운 행동은 헌팅 혹은 전투였다.

'전투용 의수 아니면 무조건 마법 공학 쪽이겠군.'

전투용 의수는 최근 군용 MES(Mechanized Exoskeleton Suit, 반자동 외골격 강화복) 연구와 맞물려 등장했다.

아무래도 사람이 탑승하는 형태의 강화복 같은 경우, 그에 대한 훈련비용 및 반응에 대한 딜레이가 있기 마련이었다.

그래서 나온 의견이 하나 있었다.

– 그냥 팔다리 다 잘라내고 기계랑 연결하면 안 돼?

인권은 개나 준 과학 만능 주의적 미친 생각이었지만, 안타 깝게도 당시 지구는 종족 전쟁 중이었다.

인권 보다 인류의 존속이 우선시 됐던 상황이었기에, 미국 이 저 미친 연구를 실시했고… 완성했다.

지금도 소말리아 혹은 브라질 개척지 같은 전쟁터에선 실 제로 MES 강화병이 날뛰고 있었다.

비각성자가 기계와 과학 그리고 훈련을 바탕으로 C~B등 급 각성자와 비슷한 힘을 낼 수 있었다.

현재 많은 직업 군인들이 전투를 위해 MES 수술을 받고 있는 실정이었고, 전쟁 중인 정부 역시 이를 적극적으로 권장 했다.

'또라이 새끼들. 사람이 무슨 전쟁 도구야?'

지훈이 얼굴을 찌푸렸다.

전투용 의수는 MES 연구에서 파생 된 개념이었다.

부상당한 병사들이 MES 강화를 거부(멀쩡한 손 발 까지 모조리 잘라내야 했기에.)할 경우, 신체 일부만 ME 수술을 받을 수 있게 만들었다.

원래 군용 기술인지라 민간인은 절대 받을 수 없었지만, 다운그레이드 된 형태로 몇몇 환자들이 시술 받을 수 있었다.

'그래서 가격이 얼마야. 어디 보자….'

웹 페이지를 읽다가 가격 부분에서 짜증이 팍 솟았다.

하나에 50억.

왼 팔, 왼 다리 하면 100억이라는 소리였다.

포기하고 마법 공학 의수도 찾아봤지만, 비슷한 실정이었다. 말도 안 돼는 가격이었기에 다른 방향을 물색했다.

'마법 의학이면 가능할지도 모른다.'

아무리 팔과 다리가 통째로 날아간 부상이지만, 종족 전쟁과 마법 융합을 거쳐 오며 인간의 의술 역시 발달했다.

마법을 통해 뼈를 재생시킨 뒤, 체내 DNA를 토대로 인공 육성한 살덩이를 이식하는 수술이 있었다.

하지만 문제가 하나 있다면….

이쪽도 가격이 100억을 웃돌았다.

"씨발!"

쾅!

키보드를 내려치자, 타자 몇 개가 팝콘처럼 튀어 올랐다.

돈이야 몇 년 정도 고생하면 됐다. 하지만 위의 두 가지 다 제약이 하나 걸려 있었으니… 무조건 부상 후 2달 안에 시술 (수술) 받아야 한다는 사실이었다.

2달이라는 시간 안에 100억.

무슨 짓을 해도 불가능했다.

'다른 방법을 찾아야 한다.'

마법 의학을 포기하고 다른 정보를 찾기를 몇 시간.

스치듯 떠오른 게 하나 있었다.

─ 뼈살이 꽃? 그게 뭔데?

─ 온몸의 뼈를 재생시켜주는 꽃입니다.

바로 민우에게 전화를 걸었다.

"무슨 일이세요?"

"뼈살이 꽃 기억 나냐?"

익숙한 이름에 민우가 잠시 한숨을 내뱉었다.

"칼콘 때문에 그런 거에요?"

짧게 긍정하자, 민우가 암울한 설명을 해줬다.

뼈살이 꽃은 부러졌거나 가루가 된 뼈는 재생했지만, 아예 절단되거나 떨어져 나간 뼈는 재생할 수 없다고 했다.

"저도 이거저거 알아봤는데, 안 된다고 하더라구요….'

결국 작게 욕을 내뱉으며 전화를 끊었다.

'찾아야 한다. 분명 내가 모르는 방법이 있을 거다.'

다음으로 찾은 방법은 아쵸푸므자였다.

그녀는 권능의 반지 및 습작 954번을 만들 정도로 강력한 마법사였다. 신체를 재생시킬 수 있을지도 몰랐다.

'근데 어떻게 연락해야 하지?'

여태껏 일방적으로 연락 받기만 했지, 이쪽에서 연락을 해

본 적은 단 한 번도 없었다.

아마 반지에게 물어보면 방법을 알 수 있겠지만, 마음 깊은 곳에서 발목을 잡았다.

'반지… 씨발.'

칼콘이 생각났기 때문이었다.

반지에 대한 사실을 숨기고 칼콘을 각성시키지 않은 게, 지금 이 상황과 직접적인 연관은 없었다.

하지만 간접적으로는 연관이 있었을지도 몰랐다.

'만약 칼콘을 각성시켰다면?'

이런 일이 발생되지 않는다고 확답은 못하지만, 분명 조금이나마 가능성은 줄어들었을 게 분명했다.

반지를 쳐다보는 지훈의 눈동자에, 길 잃은 분노, 불신에 대한 죄책감, 그럼에도 머리를 들이미는 욕심 등 여러 감정이 폭풍마냥 뒤섞였다.

결국 지훈이 한숨을 푹 내뱉었다.

'지금은 이딴 걸로 시간 낭비할 수 없다. 일단 칼콘을 돌려놓는 게 급선무다. 이 문제는 나중에 해결해도 늦지 않아.'

실수하지 않는 사람은 없었다.

사람으로 태어난 이상 누구나 한 번 쯤은 실수를 한다.

중요한 건 실수 여부가 아닌, 그 상황을 어떻게 딛고 일어나는가였다.

좌절과 자괴감에 흔들릴 시간 따위 없었다.

불신으로 씻을 수 없는 상처를 남겼다고 해도 괜찮았다.

불신 따위 잊어버릴 수 있을 만큼 더 큰 확신을 주면 됐다.

'여태껏 믿지 못해서 미안했다, 칼콘. 네가 날 불신하게 됐다고 해도 상관없다. 이제 내가 널 믿어주마.'

실수를 만회할 기회가 필요했다.

그리고 그 기회를 잡기 위해선….

반지를 껴야했다.

우으응!

– 인식. 적합한 사용자. 증여 파기에 따라 다시 김지훈님을 사용자로 등록하겠습니다. 약간 따끔할 수 있습니다.

온 몸에 전기가 흐르는 것 같은 고통과 함께, 권능의 반지가 지훈의 손으로 돌아왔다.

약간 따끔하다기엔 정도가 심한 고통이 지나갔다.

'반지. 내가 아쵸푸므자와 접촉하려면 어떻게 해야 하지?'

우으응!

– 제작자님의 차원으로 가기 위한 포탈을 생성하기 위해선 A등급 이상의 마력이 필요합니다.

반지는 안 된다고 말했지만, 정황상 아쵸푸므자는 이 쪽을 지켜보고 있을 확률이 높았다.

반지를 얻자마자, 중립 성향이 되자마자, 차원 여행자를 포획하자마자. 언제 어디서든 장소를 불문하고 나타났다.

"보고 있다면 답해라 아쵸푸므자. 너와 할 얘기가 있다!"

절제된 분노를 담아 말했다.

끼익-

전언에 답하기라도 한 걸까?

화장실 문이 열리며 익숙한 인영이 튀어나왔다.

붉은 색 체크 셔츠에, 스키니 진. 업화의 불꽃을 품은 듯 일 그러진 왼쪽 얼굴. 아쵸푸므자였다.

과연 불분명한 정체만큼 기괴한 등장이 아닐 수 없었다.

"들어는 볼게. 말 해."

그녀는 벽에 기대며 말했다.

'역시 다 보고 있었나. 기분 나쁜 년.'

일단은 우호적인 사이였으나 속을 알 수 없는 인물이었다. 지훈은 속으로 짜증을 부렸다.

"속으로라도 욕 하는 건 자제해 줄래? 금 같은 시간을 쪼개 서 온 거라고."

아쵸푸므자는 아무렇지도 않게 부엌으로 향했다.

자연스럽게 냉장고 문을 열고 우유를 마시는 모습이, 꼭 제 집인 양 오만해 보였다.

"항상 날 주시하고 있나보지?"

"원래 눈과 귀는 이 세상 어디에든 달려 있는 법이지."

"그럼 칼콘이 부상당할 때, 내가 죽을 위험에 처했을 때 도 대체 너는 뭐하고 있었지."

"지켜보고 있었어."

구할 수 있었음에도 구하지 않았다는 말이었다.

화가 치밀어 올라 가까이 있는 유선 전화를 집어 던졌다.

순식간에 선이 뽑혀나가며 공중에 날아갔다.

훅!

시속 100km는 될 법한 속도였음에도, 전화기는 마치 물리법칙을 무시한 것처럼 아쵸푸므자 바로 앞에서 멈춰버렸다.

"일 시켜먹을 생각이면 안전도 보장해라. 내 동료가 다치면 네 똥 치워주는 일도 못 한다."

진심을 담은 협박에 아쵸푸므자는 웃음으로 답했다.

"안 돼. 내가 간섭하는 순간 모든 게 어그러져. 한 번 불었던 풍선이 원래 모습으로 돌아갈 수 없는 것과 비슷해."

무슨 소리를 하는 지 알 수 없었다.

하지만 그딴 거 신경 쓰고 않았다. 어차피 물어봐야 대답해주지도 않을 걸 알기 때문이었다.

피차 시간낭비 할 것 없이 본론을 꺼냈다.

"너와 거래를 하고 싶다. 어차피 너도 내가 필요할 터. 그어떤 일을 시키던 처리해 주지."

"조건은?"

흥미로운 제안이었지, 조건을 물어왔다.

"칼콘의 팔과 다리."

아쵸푸므자는 잠시 제 머리카락을 꼬았다.

"그 조건이라면 꽤 어려운 일을 맡게 될 텐데?"

"내가 할 수만 있는 일이라면 뭐든 상관없다."

"네 목숨이 위험할 수도 있어. 괜찮아?"

칼콘이 버릇처럼 말하는 가짜 목숨 빚이 아닌, 진짜 목숨 빚을 진 지훈이었다.

이쪽도 그에 상응하는 노력을 해야 했다.

"두 번 말하게 하지 마라. 상관없다고 했을 텐데?"

"나쁘지 않은 조건이네. 그 거래 받아줄게. 첫 번째 자손들의 기록을 가져와."

첫 번째 자손. 기록.

앞 뒤 다 잘려버린 말에 얼굴을 찌푸렸다.

"그게 뭔지 물어보면 대답해 줄 건가?"

"모든 정보는 반지 안에 들어있어. 그걸 이용해. 피차 귀중한 시간을 낭비할 필요는 없잖아?"

어차피 대답해 줄 거라는 기대도 하지 않았다.

"그까짓 거 얼마든지 가져다주지. 대신 꼭 약속을 지켜야할 거다, 아쵸푸므자."

"패기 있어서 좋네. 제한 시간은 저번처럼 168시간이야."

168시간. 일주일 밖에 시간이 남지 않았다. 인사도 하지 않고 바로 나갈 준비를 했다.

아쵸푸므자는 그 모습을 흥미롭게 쳐다보다 사라졌다.

- Ära oota häid tulemusi (좋은 결과를 기대할게).

✧

보통 임무에 따라 장비가 갈리기 마련이었다.

몬스터 퇴치가 필요하다면 공격력이 강한 무기를,

포획이 필요하다면 작살이나 넷 건 같은 무력화 도구를,

마법이 필요하다면 마법 스크롤과 마법서를,

휴머노이드와 싸워야 하면 일반 화기가 필요했다.

사실 강력한 무기 하나면 모두 해결되긴 했으나, 효율성이 낮았다. 사과를 깎는 데 군용 대검을 쓰지 않는 것과 비슷한 이치였다.

'이번엔 어떤 개 같은 일을 요구했는지 알아나 보자.'

정보를 요구하자 반지가 부르르 떨렸다.

우으응—

[정보]

목표 : 첫 번째 자손들의 기록.

이들은 첫 번째 차원 왜곡(퍼스트 플레인 디스톨팅)의 결과로 세드에 정착하게 된 이방인들을 말한다.

약 만 년 전 세드에 도착했으나, 모종의 이유로 얼마 후 자취를 감췄다. 현재 생존한 첫 번째 자손이 있을 가능성은 적다. 단지 세드에 몇몇 유적만 남아있을 뿐이다.

과학 기술이 매우 발달한 문명이었으나, 마법에 소질이 전혀 없고 마법 오염에 매우 취약하다는 특징을 지녔다.

몇몇 개체는 시간을 초탈할 정도로 강력한 힘을 가지게 됐으나, 영혼 부패 현상으로 인해 광인이 되었을 가능성이 있으니 매우 주의.

이번 목표는 유적 깊숙한 곳에 자리 잡고 있다.

유적은 자살 숲에 위치에 했으며, 아직 그 누구도 발견한 적이 없는 상태다. 까닭에 함정 및 위험요소 역시 산재해 있다.

'유적 탐사인가. 이런 귀찮은 짓을….'

생각보다 난이도가 높은 임무에 얼굴을 찌푸렸다.

그도 그럴게, 세드 내에는 유적 혹은 던전이라 불리는 장소들이 간혹 발견됐다. 죽은 마법사의 공방부터, 잊혀진 신전, 과거 문명의 잔재 등 그 종류가 매우 다양했다.

당연히 유적 안에는 고등급 아티펙트는 물론, 아직 발견되지 않은 마법 등 온갖 금은보화가 가득했다.

까닭에 한 번 발견됐다 하면 정부 혹은 길드의 대규모 수색대가 파견됐다. 난이도가 천차만별인 만큼 피해를 최소화하기 위해서였다.

'유적의 난이도가 관건인가.'

지훈이 아쵸푸므자가 필요하듯, 아쵸푸므자 역시 모종의 이유로 지훈이 필요한 것처럼 보였다. 분명 계란으로 바위 부딪쳐야 할 의뢰를 주진 않았을 것이다.

'분명 소규모 인원으로 돌파 가능할 거다.'

뭘 챙겨야 할지 고민하기 앞서, 일단 난이도 및 유형먼저 알아봐야 할 것 같았다.

겁부터 잔뜩 집어먹고 용병이랑 무기 잔뜩 샀다가, 정작 까봤는데 100평짜리 조그마한 유적이면 손해가 막심했다.

'일단 기본 장비만 사서 출발한다.'

결의를 다지곤 집 밖으로 나갔다.

권능의 반지

79화.
떨쳐낼 수 없는 동료애

권능의 반지

79화. 떨쳐낼 수 없는 동료애

NEO MODERN FANTASY STORY

주차장으로 가기 위해 걷고 있으니 핸드폰이 울렸다.

헌팅 나가서 몸을 다칠까 싶은 염려에 뜯어 말리던 시연이 떠올랐다.

'설명이라도 좀 해둘 걸 그랬나.'

뭐라고 설명하던 반대할 건 알았으나, 그래도 일방적으로 통보하는 것보다는 훨씬 나으리라.

대충 할 말을 정리하고 핸드폰을 들어보니…

'민우?'

액정에 의외의 인물이 적혀 있었다.

"왜."

"너 헌팅 나갈 거지?"

대뜸 튀어나온 반말에 이 자식이 낮술이라도 퍼먹었나 하는 생각이 들었다.

"너 돌았냐?"

"아니. 돌은 건 네 놈이다. 동료한테 말도 안 하고 혼자서 어딜 갈 생각이지?"

목소리를 자세히 들어보니, 민우가 아닌 가벡이었다.

잠시 입을 다물었다. 이미 다 눈치 챈 녀석에게 거짓말 해봐야 소용없을 것 같았기 때문이었다.

"자살숲으로 간다."

자살숲이라는 말에 수화기 너머로 민우가 난리를 쳤다.

– 자살 숲? 아니 씨발, 뭔 자살숲을 가! 말려, 말리라고 가벡 이 미친 새끼야!

– 거기가 뭐 하는 곳인데?

– 그냥 닥치고, 전화기 내놔!

작은 소음과 함께 민우 목소리가 들려왔다.

"혀, 형님. 접니다. 민우에요. 일단 진정을 좀 하시고 저랑 얘기 좀 해요. 네?"

자살숲으로 간다고 했기 때문일까?

아무래도 자살 명소다보니 이상한 오해를 산 모양이다.

민우는 마치 테러리스트와 협상하는 경찰마냥 아주 조심스럽게 말했다.

"그런 거 아니니까 호들갑 떨지 마라."

"그럼 자살숲에는 왜 가요? 거기 아무도 안 가잖아요."

"아쵸푸므자와 거래를 했다."

민우가 버벅거렸다.

"그, 그 이상한 마법사요?"

"그래. 시간 없으니까 이만 끊는다."

전화기를 떼어내려 했거늘 민우가 급히 붙잡았다.

"형님. 끊지 마세요. 할 얘기 있습니다."

"뭔 얘기."

"설마 혼자 가실 생각은 아니죠?"

일부러 대답하지 않았다.

저번 차원 여행자 때는 보상을 받을 수 있었지만, 이번에는 단순 칼콘 팔 다리 밖에 얻을 수 없는 의뢰였다.

돈을 주지 않으면 사람을 부릴 수 없듯, 보상을 약속할 수도 없는데 따라오라고 할 수는 없었다.

게다가 이번 임무는 아쵸푸므자가 말하지 않았던가.

– 목숨을 잃을 수도 있을 텐데?

얼마나 어려울지 전혀 감이 오질 않았다.

적어도 저번보다 힘들 거라고 추측만 할 뿐이었다.

'칼콘을 살리기 위해서라지만, 너무 위험하다. 민우를 데려가면 분명 부상의 위험이 있다.'

기껏 칼콘을 살리기 위해 유적에 들어갔거늘, 그 과정에서 다른 사람이 죽거나 큰 부상을 당해서야 의미가 없었다.

'죽어도 상관없는 용병을 쓴다.'

이번 의외로 받은 돈을 모조리 꼴아 박는다면, 목숨 바칠 녀석들일 몇이나 구할 수 있었다.

아무래도 돈에 일하는 녀석들이다 보니 중도 포기 혹은 욕심에 의한 배신 가능성이 있었지만 신경 쓰지 않았다.

지훈이 필요한 건 단지 기록이 다였다.

나머지 돈 되는 물건 따위 전부 줘도 상다.

'그리고 쓸 대 없는 짓을 하면 이 쪽에서 먼저 죽인다.'

언제 어느 녀석이 배신할지 몰랐기에, 온 몸이 쫄깃한 유적 관광이 될 테지만 상관없었다.

차라리 그 편이 소중한 동료를 보상도 없이 사지로 밀어 넣는 것 보다는 훨씬 좋았기 때문이었다.

"같이 가죠. 거길 어떻게 혼자 갑니까!"

이 쪽 마음을 아는지, 모르는지 민우가 고집을 부렸다.

"돈 못 준다. 이번에는 칼콘 걸고 거래한 거야."

"지금 돈이 문제입니까? 그딴 거 필요 없어요!"

"안 돼. 너무 위험해."

거절하자 민우가 거친 숨소리를 냈다.

"씨발, 애 취급하는 거 그만해요! 내가 아직도 허약한 병신 같아 보여요?"

거친 욕설과 함께 고이고이 품어왔던 진심이었다.

"나도 동료라고요! 내가 구하지 못 해서 칼콘이 다쳤는데… 내 탓도 있으니까… 씨발, 좀 돕게 해 줘요!"

거친 욕설 사이에 섞인 뜨거운 진심.

고마운 마음에 가슴이 뭉클거렸다.

그래도 안 되는 건 안됐다.

"마음만 받으마. 그럼 끊는다."

끊으려고 하니 이번엔 가벡 목소리가 들려왔다.

− 거 한심한 새끼, 비켜봐. 내가 얘기한다.

"네 놈이 영웅이라도 되는 줄 아는가 보지? 똑똑한 녀석인 줄 알았는데, 이제 보니 죽고 싶어 환장한 병신이었군."

가벡이 대뜸 시비를 걸어왔다.

"제 3자는 빠져. 우리 일이다."

"고블린 부랄 까는 소리 하고 앉아있군. 나도 이제 너희와 한 전차를 탔다. 내가 어떻게 제 3자가 될 수 있지?"

"몇 번 같이 싸웠다고 우쭐대지 마라, 버그베어. 난 네 놈을 한 번도 동료라고 생각한 적이 없다."

떼어내기 위해 진심 반, 거짓 반 섞어 말했다.

전우애를 굉장히 소중히 여기는 가벡이니, 아마 굉장히 모욕적이게 들렸으리라. 하지만 예상과 달리 가벡은 전화를 끊지 않았다.

"상관없다. 원래 이방인이 동료가 되기 위해선 먼저 믿음을 주는 게 당연하다. 든든한 칼이 되어주지. 한 번 써 봐라. 다음부터는 없으면 허전할 정도일걸?"

쓸 대 없는 곳에서 고집이 센 녀석이었다. 결국 입씨름만 10분 넘게 하다가, 이쪽에서 먼저 백기를 들었다.

"그래서 어쩌자고, 이 새끼들아."

− 일단 만나서 얘기하죠, 형님. 유적이면 준비할 거 많을

겁니다.

"라는 군. 어디서 기다리면 되지?"

가벡이 민우의 말을 전하며 물었다.

"빌어먹을. 내가 그 쪽으로 가지."

⊕

현재 가벡은 민우와 동거하고 있는 상태였으므로, 민우 아파트 앞에서 둘을 만날 수 있었다.

텅!

둘이 벤츠 문을 열고 올라탔다.

"얼마 전 까지만 해도 다 뒤져가는 줄 알았는데 말이지. 살아서 만나서 반갑군."

가벡이 비꼬는 투로 주먹을 내밀었다.

이쪽도 기분이 별로였기에, 진심을 담아 주먹을 휘둘렀다.

빡 하는 소리와 함께 가벡이 큼 소리를 냈다.

"너희 진짜 또라이 아니냐. 돈 못 준다니까? 너희 지금 공짜로 호랑이 아가리에 대가리 밀어 넣는 거야, 이 새끼들아."

보상을 받을 수 없는데도 기꺼이 따라온다?

얼마 전 까지만 해도 돈 때문에 사람도 죽여 본 적 있는 지훈이었다. 절대 이해할 수 없었다.

"형님이 맨날 그러잖아요. 미친 세계에는…."

"미친놈이 정상인이라고?"

"예, 그거요."

"됐다, 새끼야. 됐어."

욕설을 내뱉었음에도 민우는 피식 웃기만 했다.

"제 머리에 총 겨누는 사람이랑 일 같이 할 때부터, 저도 어딘가 나사 하나 빠지게 되더라고요. 언제 뒤질지 모르는 인생, 안 미치고 어떻게 배깁니까?"

농까지 건네며 '저 죽으러 갈 수 있습니다.' 하는 모습에 그냥 모든 걸 포기해 버렸다.

뜯어 말린다고 말려질 것처럼 보이지도 않았다.

괜히 버리고 갔다가 혼자 자살숲으로 갔다간 도리어 그게 더 큰 일이었다.

"새끼들… 고맙다."

"아뇨, 같이 가게 해주셔서 제가 다 고맙죠."

결국 반강제로 가벡과 민우를 합류시켰다.

"그럼 어떤 일인가 한 번 살펴보죠."

⊕

차 안에서 이번 의뢰에 대해서 대충 설명해 줬다.

민우는 알 수 없는 부분이 많았는지 가끔 머리를 긁었고, 가벡은 아예 모르는 내용인 듯 햄버거만 우적우적 씹었다.

"첫 번째 자손이요? 마법사가 그렇게 말했어요?"

단 한 자도 틀리지 않고 첫 번째 자손이라고 말했다.

"처음 듣는 말인데… 그거 혹시 퍼스트 세틀러(최초 정착자) 말 하는 거 아니에요?"

퍼스트 세틀러(이하 FS)는 고고학적 개념으로, 세드에 널리 퍼져있는 FS 유적들의 주인을 말했다.

대부분 세드의 주민들은 몇몇 종 빼고는 기술 수준이 굉장히 낮았는데, FS만은 달랐다.

단지 유적 몇 개 발견했음에도 현 인류보다 훨씬 더 강력한 과학 기술을 가지고 있음이 밝혀졌다.

"지금 인류 기술 발전 방향이 대부분 FS기술 복원 쪽으로 이뤄지고 있다고 해도 과언이 아니래요."

반지도 분명 첫 번째 자손들이 매우 진보된 과학 기술을 가지고 있다고 말했었다.

아쵸푸므자와 관련 된 것들은 하도 이상한 것들이 많아서 넘어갔거늘, 뜯어보니 뭔가 이상했다.

"잠깐만. 정착자라니? 우리가 처음 아니었어?"

"2~3년 전 까지만 해도 그게 정설이었는데… 이번에 FS 유적에서 벽화 발견되면서 뒤집혔어요. 걔네가 우리보다 먼저라네요? 물론 지금은 모두 죽어서 없어서 확인할 방도는 없지만요."

호기심은 풀렸지만, 그게 다였다. 처음이든 아니든 어떻단 말인가. 좋으면 좋은 거고, 아니면 아닌 거다.

"그래. 그렇다고 치고, 그 얘기는 왜 꺼낸 건데?"

"만약 첫 번째 자손이 FS를 뜻하는 거면, 그 유적 굉장히 위험한 물건이라는 말을 하고 싶었어요."

민우는 귀동냥 한 내용이라 정확하지는 않을 수 있다며 설명을 이었다.

"걔네는 인류 문명이 시작되기도 전에 이미 세드 정착을 끝난 상태였어요. 과학 기술이 진짜 장난 아니라구요. 아마 무인 정찰기나 터렛이 있을 수도 있어요."

터렛. 전자동 회전 포탑.

군인들이 간혹 휴대용 터렛을 들고 다니는 건 본적이 있었지만, 그게 유적에 박혀있다는 얘기는 처음 들었다.

"잠깐만. 그딴 게 유적에 달려있다고?"

"그러니까 위험하죠. 한 번도 열린 적 없는 유적이라면서요. 그럼 당연히 전원도 들어가 있을 테고, 터렛도 유지되고 있을 우려가 있겠죠."

괜히 혼자 열었다가 시체가 될 수도 있었다는 말이었다.

'그럼 이번에는 기계나 건조물을 상대해야 한다는 건가.'

머리가 지끈거렸다.

뛰어난 과학 기술을 가지고 있던 녀석들이라고 해서, MES 강화병 비슷한 적을 만날 거라 생각했거늘 큰 오산이었다.

"그럼 위험한 건 대부분 기계류라는 얘기군."

"아마 만 년 전 유적이니까… 아마 생명체는 없을 거예요."

생명체가 없다면 소총류는 힘을 쓰기 어려웠다.

관통상은 주로 장기나 육체 일부분을 훼손해 출혈을 동반한 고통을 유발하는 공격이었다.

그렇기에 마법 공학 건조물(골렘 및 기타 창조물)이나, 로봇 같은 적에게는 거의 효과가 없다고 봐야 옳았다.

차량을 생각하면 쉽다.

중요 부위를 맞으면 손상을 받기는 하나, 면적 90% 이상이 총을 맞아도 상관없는 장갑이었다.

실제로 아예 엄폐물로 쓰지도 않던가.

'뭐가 좋을까.'

제일 좋은 건 고등급 아티펙트를 이용해 썰거나 부숴버리는 거였지만, 어려웠다.

가지고 있던 C등급 아티펙트, 여왕의 은혜는 파이로에게 박힌 채 분실해 버렸기 때문이었다.

'폭발물은?'

그나마 가능성 있는 방법이었다.

제 아무리 기계하고 한들, 가성비 무시하고 신금속 떡칠하지 않은 이상은 장갑이 어느 정도 하향평준화 되어 있을 터.

폭발을 버틸 수 있을 리 만무했다.

다른 방법을 더 찾아봤지만, 딱히 여타 매력적인 수단은 찾아볼 수 없었다.

'결국 폭발물로 정해진 건가.'

내심 고개를 끄덕이며 말했다.

"무슨 과학 연구소 터는 느낌이군."

"연구 물품 가득한 곳이니까, 반쯤은 맞겠죠."

어떻게 다가가야 할지 막막해 담배를 피우고 있자니, 민우가 씩 웃었다.

"그리고요 형님. FS네 유적은 그 자체로도 연구 물품으로 쓰여요. 아마 보사에 제보하면 돈 받을 수 있을거에요. 그러니까 공짜로 일 해주는 거 아니에요."

부담 갖지 말라는 말을 하고 싶었던 걸까.

그에 화답하기 위해 이쪽도 평소처럼 웃어줬다.

"그래, 새끼야. 이번에 칼콘도 원래대로 돌려놓고 돈도 잔뜩 벌자."

"당연하죠."

둘이 다짐을 굳히고 있자니, 가벡이 물끄러미 쳐다봤다.

"밥 다 먹었다. 너희도 지루한 얘기 끝난 것 같으니 빨리 총 사러 가지. 몸이 근질근질하군."

권능의 반지

80화.

유탄과 EMP

권능의 반지

80화. 유탄과 EMP

벤츠를 몰며 필요한 물건들을 대충 정리해 봤다.

'일반 탄환이나 관통탄 같은 건 쓸모없다. 폭발물 위주로 구입해야 돼. 혹시 전원계통이 전기라면 EMP가 필요할지도 모른다.'

제일 먼저 향한 곳은 각성자 물품 거래소였다.

페커리 이후로 한 번도 찾아본 적 없던 까닭인지, 정말 오래간만에 찾은 느낌이 들었다.

"아파트도 그렇고, 이것도 그렇고. 쓸데 없이 크군. 이래서야 주인이 건물에 사는 게 아니라, 건물이 주인을 내려다보는 꼴이지 않는가?"

가시 산맥 밖으로는 나가본 적 없는 가벡이었다. 아직 인간

사회에 적응이 절 된 모양이리라.

오크나 고블린, 코블트까지는 인간들 사이에 그럭저럭 섞여 지냈지만, 버그베어는 볼 일이 적었던 이유에서였을까?

사람들의 시선이 전부 이쪽으로 모였다.

가벡은 불편했는지, 눈을 마주치는 사람마다 이를 드러내며 가볍게 으르렁 거렸다.

"얌전히 있어라, 괜히 가디언 들러붙으면 귀찮다. 너 거주권도 없잖아?"

괜한 시비 붙었다가 불시검문이라도 당했다간 추방당할 우려가 있었다.

"내가 이길 수 있다. 그딴 녀석들 전부 때려 눕혀주지."

"테이저 맞고 오줌 지려봐야 그딴 말 안 하지. 쯧."

테이저가 뭐냐고 묻는 가벡이었지만, 가볍게 무시했다.

느긋하게 쇼핑할 시간 따위 없었기에, 바로 총기 전문점으로 향했다.

"어서오십쇼, 뭘 드릴까요?"

"유탄 발사기 하나 구입하고 싶습니다."

대부분의 헌팅은 소총 몇 정과 수류탄 몇 개. 심해봐야 크레모아나 C4 정도 쓰는 게 다였다. 유탄 발사기는 대형 몬스터 사냥 외에는 잘 쓰이지 않는 물품이었다.

주인이 물었다.

"어떤 용도로 쓰시려고 하십니까?"

"기계 박살낼 때 쓸 거. 장갑차도 씹어 먹을 수 있는 녀석으로 부탁하고 싶은데."

기계라는 말에 주인의 눈이 초승달을 그렸다. 전쟁도 아닌데 유탄 발사기를 기계에 쏜다?

강도질에 이용 될까 조심스러운 눈치였다.

물론 걸리지만 않는다면야 전혀 상관없었지만, 본인 가게 물품으로 강도질 하다 걸리면 최소 영업정지에서 심하면 징역을 살아야 할 수도 있었다.

게다가 일행에 버그베어까지 끼어있었기에 의심 사기 딱 좋은 그림이긴 했다.

"각성자 등록증 좀 확인할 수 있을까요?"

지갑을 꺼내 등록증을 보여줬다.

– F등급 각성자. 김지훈.

바쁜 생활에 갱신을 안 해서 F등급이라 적혀있었다.

"못 팝니다. 다른 곳 가보세요."

고등급 각성자라면 강도짓 해봐야 남는 게 없으니 안심하고 팔아도 됐다. 하지만 저등급이면 강도질 할 가능성이 농후했으니 저런 반응이 나온 거였다.

"갱신 안 해서 그러니, 감지기 찍어 보쇼."

주인은 영 의심스럽다는 표정으로 감지기를 들었다.

삐빅.

– C등급 7티어.

물론 그 의심스럽다는 표정은 감지기가 작동됨과 동시에

날아갔지만 말이다.

C등급 7 티어면 전문 헌팅 길드에서 대형 몬스터를 사냥 다녀도 될 레벨이었다. 그런 사람이 가디언에게 쫓길 위협을 무릅쓰고 강도짓이나 하고 다닌다?

굴착기로 흙장난 치는 꼴이었다.

"죄송합니다, 아무래도 중화기는 좀 신경 쓰여서요."

주인은 가볍게 사과하고는 이거 저거 물건을 소개해줬다.

- M80

"베트남 전 때 개발 된 무기입니다. 단 발 이긴 한데, 유탄 발사기 치고 명중률도 그럭저럭이고 사거리도 300~400 정도 나옵니다. 지금도 제식 무기로 쓰이고 있어요."

장점과 단점이 극명한 유탄 발사기였다.

장점으로는 굉장히 싼 가격이 있었지만, 싼 게 비지떡이라고 단점도 극명하게 갈렸다.

첫 번째로 개발 당시의 기술 문제로 최소 사거리가 20M 이상이었다. 근접전에 들어갈 경우 사용할 수 없었다.

두 번째로 장탄수가 한 발이었다. 그럼 한 발 쏘고 재장전을 해야 한다는 얘긴데, 한 발로 적을 제압하지 못하면 이쪽이 당할 수도 있다는 뜻이었다.

"총으로 쏘는 수류탄이라. 재밌겠군. 나 저거 갖고 싶다."

가벡은 저런 사실을 몰랐기에 흥미를 보였다.

"돈 있냐?"

"아니."

"그럼 나보고 어쩌라고?"

"사 줘."

"꺼져, 새끼야."

"그럼 뺏으면 되겠군?"

상점 주인이 카운터 아래로 손을 집어넣었다.

금방이라도 샷건을 꺼낼 태세에, 지훈이 차갑게 웃었다.

"야만인이라 그렇습니다. 제가 잘 관리할 테니 걱정 안 하셔도 됩니다."

- M204

"총에 액세서리로 달 수 있는 유탄 발사기입니다. 단발이지만, 휴대성이 아주 뛰어나죠. 쓸 만한 무기입니다."

설명이 딱 맞았지만, 역시 단 발이라는 단점이 있었다.

게다가 이번 임무에는 소총을 사용할 일이 적었는데, 굳이 액세서리로 다는 형태를 살 필요도 없었다.

"좀 화력 좋은 물건 없소? 골렘 같은 거랑 싸워야 할지도 모르는데. 저런 물건 어디다 쓰나."

"아, 던전 워커셨습니까. 진작 말씀하시지."

주인은 잠시 기다리라는 말과 함께 사라지더니, 이내 수레에 박스 하나를 들고 왔다.

- M33

"미군이 이라크 전쟁에서, M80 쏴재끼다가, 요술봉에 털리고 만든 물건입니다. 무려 유탄이 6발이나 들어갑죠. 거기다 더블 액션이라 방아쇠만 당기만 연발로 나갑니다!"

화력 하나는 끝내주게 좋은 물건이었다.

RPG나 기타 유탄 발사기가 한 발 쏘고 장전하고 있을 때, 선 자리에서 6발이나 드르륵 뽑아내니 강력할 수밖에.

"1초에 2발씩 나가는데, 대장갑 열화탄, 대전차 고폭탄, 점착유탄 심지어는 연막탄이랑 섬광탄도 나갑니다!"

주인은 이 물건을 꺼낼 수 있을 줄은 상상도 못했다는 듯, 신이 나서 설명을 이어갔다.

대충 정리하자면 개인이 휴대할 수 있는 화기 중 화력 하나는 단연 으뜸이라는 얘기였다.

"그래. 남자라면 화력이지! 좋아, 저 물건이다! 당장 저걸 사라!"

가벡은 당장이라도 귀를 팔랑거리며 날아갈 기세로 말했다.

"저거 사도 네 손에 들어갈 일은 없으니까, 입 다물어라."

저렇게 위험한 물건을 전투광 손에 쥐어줬다간 아군이고 적군이고 나발이고 없이, 나란히 요단강 건널 게 분명했다.

"저거 하나 주쇼."

"손님, 근데 저거 가격이 좀 많이… 셉니다."

"얼만데?"

"5장 조금 넘습니다."

얼굴이 팍 일그러졌다.

5천만 원이면 C등급 아티펙트에 버금가는 돈이었다.

"아니 뭐한다고 그렇게 비싼데?"

"중화기에는 세금이 좀 세게 붙어서요. 아시잖습니까."

세금이 붙는다면 석중에게 가면 조금 더 싸게 살 수도 있는 말이었다.

"잠시 전화 좀 하고 오지. 민우, 너 가벽하고 물건 좀 고르고 있어."

대충 가게에서 떨어져서 석중에게 전화를 걸었다.

"할배, 난데. 거 혹시 M33 구할 수 있소?"

"미친 새끼, 화력덕후나 쓰는 물건을 네가 왜 필요하니? 그딴 물건 들고 다니다 발화 맞으면 유탄 터져서 혹 간다."

"거 쓸데 없는 걱정일랑 제발 좀 치우쇼. 나 뒤져도 눈 하나 깜빡하지 않을 인간이, 꼭 혓바닥은 무슨 내 마누라 마냥 놀리네."

"씹-쓰애끼. 말 하는 꼬라지 하고는. 쯧쯧. 구하려면 3~4일 정도 걸린디. 구해주랴?"

전쟁에도 쓸 수 있는 유탄 발사기 유통까지 4일.

과연 엄청난 수완이 아닐 수 없었으나, 시간제한이 있는 지금으로써는 돈 아끼자고 기다릴 수는 없었다.

"됐소. 거 이따가 EMP 폭탄 사러 갈 테니, 그거나 좀 준비해 두쇼."

"EMP 뭔 귀신 볍씨 까먹는…."

석중이 뭐라 지껄였지만, 들을 일 없이 바로 끊어버렸다.

"M33 주쇼. 대금은 계좌로 쏴드리지."

"어이쿠, 감사합니다. 유탄은 어떻게 드릴까요?"

"대전차 고폭탄으로 30발."

그 외에도 일행은 몇 가지 물건을 더 구입했다.

- M33 및 40mm 대전차 고폭탄 30발.
- 혹시 모를 근접전을 위한 D등급 단검. (60cm)
- 9mm 폭발탄환 60발.
- 폭발을 막기 위한 F등급 방패.

지훈은 M33과 D등급 단검을 구입해 총 7300만 원을 지출했고, 민우는 폭발 탄환과 F등급 방패를 구입해 2000만 원을 지출했다.

"가벡이 쓸 방패는 왜 네가 사?"

"…얘 돈이 없대요. 다음 헌팅 때 까려고요."

"받을 자신 있냐?"

민우는 조용히 고개를 돌렸다.

"글쎄요 집에서 나가라고 들들 볶아도 안 나가는데, 돈은 오죽 할까요. 그냥 반쯤은 포기했어요. 어차피 돈도 조금 남고…."

그러려니 하고 고개를 끄덕였다.

가벡은 방패를 쳐다보며 자기 스타일과 맞지 않는다며 투덜거렸지만, 어쩔 수 없었다. 가벡은 탁월한 전투 감각을 이용한 빠른 근접전을 선호하는 투사였다.

백병전이라면 방패를 안 써도 되겠지만, 이번에는 유탄과 폭발이 빗발치는 전장이었다.

맨 몸으로 움직였다가는 폭발에 휩쓸릴 위험이 있었다.

"살고 싶으면 그냥 닥치고 들고 다녀."

◈

그 다음으로는 석중의 가게로 향했다.

여전히 화약 냄새 사이로, 곰팡이 냄새가 났다.

얼핏 맡으면 뭔가 썩은 내가 나는 게, 시체라도 한 구 푹 숙성되고 있을 것 같은 분위기였다.

"미친 새끼, 전화 그렇게 팍팍 끊을 거면 앞으로 내한테 전화질 하지 마라. 알간?"

"시간 없으니까, 오늘은 생략합시다."

지훈이 정색하며 일축하자, 석중이 별 희한한 일 다 보겠다는 듯 눈을 치켜떴다.

"EMP는 와?"

"이번에 FS 유적 털러 가는데, 혹시 몰라서."

"그게 뭐니?"

"아 됐고. EMP 있소, 없소?"

EMP. 전자 충격파의 약자로써, 전자 기기를 무력화 시킬 수 있는 장비를 말했다.

단순히 전원을 꺼버리는 수준이 아닌 회로 폭주로 기기 자체를 망가뜨림은 물론, 안에 있는 데이터까지 전부 날려버리는 무서운 물건이었다.

원래는 핵폭발 외에는 보기 힘든 현상이었으나, 그것도 전부 옛날 얘기였다.

개척 시대에 각 국가끼리 국지전에 자주 일어났기에, 중국 정부에서 휴대용 EMP를 개발한 것.

인간 대 인간의 전쟁.

특히 군대가 끼는 전투에는 무조건 이용됐지만, 간혹 민간에 나돌기도 했다.

"없다."

"개구라 치지 말고, 빨리 꺼내 보쇼."

말이 나돈다지, 당연히 불법이었다.

어떤 미친 양반이 은행 본사에다가 EMP를 꽂았다고 생각해 보자. 은행이 가지고 있던 저금, 대출 관련 자료가 전부 백지가 된다.

대충 가깝게 얘기하자면, 자고 일어났더니 열심히 적금 들어놓은 통장 잔고가 0으로 변했다는 얘기였다.

더 나아가면 기업이 가진 돈이 0원이 돼서 줄도산이 남은 물론, 심하면 국가 경제에도 타격이 온다.

국가 경제체제 전복은 당연하고 폭동에 심하면 내전까지

일어날 수 있는 상황이었다.

당연히 요즘에는 전부 백업한다지만, 그래도 교체 시간 동안 손실이 생긴다는 건 변함이 없었다.

"솔직히 말해보쇼, 할배. 누가 C4에 원격제어 걸어서 기폭시키면 그냥 훅 가는 건데. 그런 양반이 EMP를 안 갖고 있다고? 지랄하네."

"그래, 있다. 쓰애끼야. 거 누가 미친개 아니랄까봐 냄새 하나는 오지게 잘 맡는다."

석중이 카운터 위로 파랑색 수류탄을 올려놨다. 생긴 게 꼭 훈련용 점토 수류탄처럼 보였다.

"이게 뭐요?"

"EMP. 까 던지면 5M 내에 전자기기 죄다 박살난디."

개당 750만 원에 2개 계산했다.

아무래도 상대가 상대인지라, 저번 의뢰로 받은 1억 원이 거의 다 장비 값으로 깨져 버렸다.

"근데 돼지새끼 어딨니. 걔 뒤졌니?"

민감한 내용에 민우가 덜컥거렸다.

지훈과 석중이 싸우기라도 할까 싶어서였다.

아니나 다를까 지훈이 잠시 입을 다물었다 말했다.

"말조심하쇼. 잘 있으니까."

"뭔 일 있나?"

"없소. 아니, 곧 없어질 거요. 내가 전부 없었던 일로 만들 거거든."

석중은 머리 위로 물음표를 띄웠지만, 무시했다.

"가자. 갈 길이 멀다."

일행을 이끌고 가게 밖으로 나갔다.

바로 대만 개척지로 갈 생각이었다.

권능의 반지

81화.
대만 개척지, 그리고 자살숲

권능의 반지

81화. 대만 개척지, 그리고 자살숲

NEO MODERN FANTASY STORY

굳이 차량을 렌트할 것도 없이 벤츠를 타고 달렸다.

민우는 익숙한 듯 조수석에 앉아서 껌을 씹었지만, 가벽은 마치 강아지마냥 차 밖으로 고개를 내밀고 소리를 질렀다.

"우어어어억!"

슬쩍 백미러로 훑고는 민우에게 눈치를 줬다.

"저거 좀 말리지?"

"말려봐야 다른 기행 벌리더라구요. 시트에 구멍 뚫거나 괴상한 짓 할지도 모르는데, 말려볼까요?"

저번에는 비둘기를 생으로 잡아먹었다고 했다.

부시맨마냥 온갖 사건 사고를 몰고 다니니, 골치가 아팠다.

"그러고 보니 너 어쩌다 저거 껴안게 됐냐?"

"아… 진짜, 저 속 터져 죽을 것 같아요."

민우가 울상을 지었다.

원래대로라면 옛정을 생각해 돈 몇 푼 쥐어주고 제 갈 길 알아서 찾으라고 해줄 예정이었다.

대충 칼콘 주변에 방만 얻어주면 굶어 죽거나 초대형 사고 는 치지 않을 거라는 생각에서였다.

하지만 지훈과 칼콘이 부상당하면서, 보호자 없는 가벡 은 붕 떠버렸고… 정부에 의해 강제 송환 될 위기에 처했 다.

"저 새끼, 저거. 교수한테 칼부림 하려고 했어요. 절대 못 돌아간다면서 도끼눈 뜨고 누구 하나 갈아버릴 기세로 말하 는데, 어휴…."

주먹구구식으로 붙은 '감시' 라지만, 외교로 따지자면 그가 쉬 클랜의 외교관 역할로 온 가벡이었다.

어쩌면 좋을까 하고 싶은 찰나 민우가 슬쩍 끼어들었고, 교 수는 이 뜨거운 감자를 그에게 넘겨버렸다.

- 아는 사이 같으니까, 잘 하실 수 있으리라고 믿습니다.

믿기는 개뿔.

그냥 책임전가였다.

나중에 그가쉬 추격자를 보내면 '무슨 소립니까, 저 양 반이 데리고 갔는데?' 하고 꼬리나 자를 심산이었겠지.

"어쩌겠습니까… 어쩔 수 없이 제가 데려왔죠."

그렇게 민우와 가벽의 뜨거운 동거가 시작됐다.

'불쌍한 녀석. 귀찮은 걸 떠안았구나.'

가벽 문제도 처리해야겠다고 생각이 들었지만, 일단은 우선순위가 낮았기에 뒤로 휙 밀어버렸다.

30분 쯤 운전하자, 서쪽 톨게이트에 도착할 수 있었다.

동쪽 톨게이트와는 달리 격벽 높이도 낮았고, 주둔 병력도 하나도 없어 비교적 휑해 보이는 모습이었다.

"항상 궁금했는데 왜 서쪽에는 병력이 없어요?"

"위험한 게 없으니까."

"자살숲 있잖아요."

"거기는 들어가지만 않으면 안전하잖아."

자살숲은 세계에서 악명이 높은 미개척지였지만, 위험 수준은 그렇게 높지 않았다.

안에는 위험한 몬스터가 살고 있는 것 같았지만, 무슨 이유에선지 자살숲 밖으로는 단 한 마리도 기어 나오질 않았다.

게다가 대만 역시 자살숲 부근에 포탈이 열렸기에, 개척을 진행하려면 무조건 한국 정부와 충돌이 일어 날 게 분명했기에… 그냥 깔끔하게 세드 개척을 포기해 버렸다.

덕분에 대만 개척지는 전쟁에 일절 개입하지 않고, 오로지 중계무역 및 관광에만 신경 쓰고 있는 실정이었다.

몬스터 위협도 없고, 전쟁 걱정도 없으니 한국 측도 서쪽 방향은 구색만 갖춰 놓을 뿐, 본격적인 방어는 하지 않았다.

"그렇구나. 몰랐네요. 그냥 대만 개척지에 엄청 큰 쇼핑몰이랑, 관광단지 있다는 것만 알았어요."

실제로 시연과 처음 만났을 때, 대만 개척지에서 사온 옷이라고 자랑을 했던 기억이 났다.

"그렇다고 들뜨지 마라. 이번 임무 엄청 위험한 거다."

"예, 걱정 마세요."

✦

격벽, 그리고 도로 밖에 보이질 않는 지루한 시간.

두 개척지간 교류가 적었기에, 시속 200km를 밟아 대만 개척지에 도착할 수 있었다.

"欢迎。灰色天堂。台湾的前沿。(환영합니다, 회색낙원 대만 개척지입니다.)"

지훈이 머리를 긁적였다.

중국어는 말 몇 마디 밖에 할 줄 몰랐기 때문이었다.

"英语(영어)?"

톨게이트 직원은 방긋 웃고는 영어로 화답했다.

"welcome to gray heaven, Taiwan colony. (회색 낙원, 타이완 개척지에 오신 것을 완영합니다.)"

이제야 말이 조금 통했기에, 가볍게 통행료를 지불하고 개척지 안으로 진입했다. 무기 검문이나 범죄자 조회를 하던 러시아, 티그림과는 퍽 다른 모습이었다.

어차피 이쪽으로 오는 사람들은 전부 한국 톨게이트를 지났을 테니, 딱히 크게 신경 쓰지 않아도 됐기 때문이었다.

게다가 대만 개척지는 서울 개척지와 달리 인구 밀도가 높고 치안 상태가 굉장히 좋았다.

여차 싶으면 바로 가디언이나 경찰이 출동하기 때문에, 범죄율도 낮고 외부인들도 조심하는 추세였다.

"Your life is precious. Do not commit suicide.(당신의 목숨은 소중합니다. 스스로 목숨을 끊지 마세요.)"

톨게이트 직원은 영어로 된 책자를 건네줬다.

"야, 뭐라고 적혀있나?"

민우는 슬쩍 훑어보니 웃음을 터트렸다.

"자살 숲 주변에는 얼씬도 하지 말래요. 죽으라면 우리 동네 가서 죽으라는데요?"

목숨은 소중하니까 자살하지 말라?

과연 자살 명소다운 환영이 아닐 수 없었다.

✧

가까운 식당에서 식사를 한 뒤, 식량으로 쓸 MRE 30봉(5일치 식량)과 칼로리 블록, 그리고 구급약을 구입했다.

개척지 주변에 있는 자살숲 초입 지역의 지도를 사는 것도 잊지 않았다.

'그럼 마지막으로 장비 확인이나 한 번 할까.'

[지훈]
개괄 : C등급 7티어 각성자.
분류 : 용병

무기.
M33 유탄발사기 (40mm 대전차 고폭탄 30발)
D등급 단검 (60cm, 투박한 서양식 양날검 모양)

방어구.
방탄 외투 (D등급), 방탄모 (F등급)
습작 954번 (B등급), 전투용 워커

기타.
휴대전화
2세대 나이트비전

[민우]
개괄 : 일반인.
분류 : 정보꾼, 지원 사수

무기.
MP5 (폭발탄환 60발, 일반 탄환 30발)
EMP 수류탄 2개

방어구.
경량 방탄모 (D등급), 경량 방탄복 (D등급)
경량 워커 (F등급), 보호경 (일반)

기타.
2세대 나이트비전

[가벡]
개괄 : E등급 3티어 각성자
분류 : 투사, 이도류, 덫 사냥꾼, 야만인

무기.
기괴하게 생긴 대검(120cm, 일반)
갈고리처럼 끝이 휜 단검(66cm, E등급)

방어구.
파편 및 폭발 방어용 방패 (F등급)
고블린 이빨 목걸이 (일반)
늑대 가죽 방어구 (일반)

방탄모 (일반)

운동화 (일반)

[공용]

삽.

자살숲 지도.

벽 폭파 혹은 입구 열기용 C4.

휴식용 침낭 2개.

칼로리 바 6개

MRE 30봉

식수.

전체적으로 중화기로 무장한 상태였다.

아무래도 기계를 상대해야 할 수도 있기 때문이었다.

특히 지훈은 여태까지 쓰던 글록, 빈토레즈, 여왕의 은혜 셋 중 단 하나도 들지 않았다.

민우 역시 유탄발사기를 들려고 했으나, 안타깝게도 무게 때문에 폭발탄환으로 대체했다.

9mm 폭발탄환으로 얼마나 큰 위력을 낼 수 있을지는 모르겠다.

가벡은 야만전사 차림에 운동화, 그리고 방패를 들었다. 우스꽝스러운 모습이었다. 그 모습이 꼭 칼콘이 처음 헌팅을 나갔을 때랑 비슷….

'씨발…'

칼콘 생각이 나자 이를 꽉 깨물었다.

"가자. 갈 길 멀다."

일행은 장비를 챙겨 벤츠에서 내렸다.

아무래도 첫 번째 자손들의 유적이 자살숲 내에 있는지라, 차량을 타고 이동할 수 없기 때문이었다.

대만 개척지는 독특하게도 격벽이 없었다. 몬스터 혹은 인간들이 침입할 일이 없었기 때문이었다. 그 모습이 지구에 있는 여느 도시 같아서 익숙했다.

하지만 울타리를 건너는 순간 위험천만한 세드 영역에 들어간다는 사실은 변함이 없었다.

그 증거로 나무 울타리에 온갖 글귀들이 적혀 있었다.

– 자살 금지.

– Save your life, enjoy your life (죽지 마세요, 인생을 즐기세요.)

– 당신은 소중한 사람입니다.

중국어, 영어, 한글로 적힌 온갖 문구들이 마치 보이지 않는 벽이라도 형성하고 있는 것 같은 느낌이 들었다.

"분위기 작살나네요. 의외로 여기가 관광 명소래요. 여기 와서 저 울타리 슥 훑어보고 가면 삶에 의욕이 생긴다나?"

의욕은 무슨.

일그러진 회색 숲을 배경으로 싸구려 위로들을 읽고 있자니 도리어 자살 충동이 생길 것 같은 지훈이었다.

"지랄 그만하고, 슬슬 들어가자."

울타리를 넘기 전 반지를 슬쩍 쓰다듬었다. 작은 진동과 함께 유적의 위치가 울타리 너머에 있음을 알려줬다.

"후… 가죠."

셋이 나란히 울타리를 넘었다.

그 모습을 본 순찰 대원이 기겁을 하며 달려왔지만, 유탄 발사기를 보여주자 잠잠해졌다.

❖

자살숲은 굉장히 독특한 느낌이었다.

티그림에 있는 숲들이 하늘을 찌를 듯 50M 이상 크게 자라났다면, 자살 숲은 나무 크기가 거의 5~6M 밖에 되질 않았다.

지질학자들은 그 이유를 바로 '화산지대'로 꼽았다.

대만 개척지 서쪽, 곧 자살숲 중앙 부분에는 커다란 휴화산이 하나 자리 잡고 있었다. 폭발 위험은 없다지만, 문제는 지반 아래로 용암이 흐른다는 거였다.

덕분에 가끔씩 지반이 아주 얕게 갈라져, 열기가 올라오는 일이 있었다. 까닭에 나무들이 그 열기를 따라 하늘로 자라지 않고, 땅 쪽으로 계속 머리를 들이밀었다.

화산 기후 특유의 알칼리성 회색 토양과, 위로 자라지 않고 아래로 자라는 기괴한 나무.

거기에 화산 원시림이라는 미아 되기 딱 좋은 구조가 어우러지자, 유명한 자살 명소로 떠오른 것.

– 어차피 인생 다 살았는데, 모은 돈 다 꼴아 박아서 세드 관광도 하고… 마지막은 자살숲에서 조용히 죽자.

덕분에 대만 개척지 관계자들은 이 '자살 관광' 때문에 엄청난 몸서리를 쳤으나, 지금에 와서는 그냥 다 포기하고 반쯤은 방치하고 있는 상태였다.

물론 지훈 일행이 자살을 하러 가는 건 아니었으므로, 목적지를 향해 전진했다.

훅! 훅!

산악지대 출신인 가벡이 먼저 앞장서서 길을 뚫었다.

E등급 아티펙트를 정글도 마냥 휘두르니, 과연 잔가지들이 휙휙 잘려나갔다.

"안 힘드냐? 벌써 30분 넘게 휘두르며 걸은 것 같은데."

"기괴하게 생기긴 했지만, 가시 산맥처럼 긁힐 위험은 없어서 편하군."

"그럼 계속 가라."

팔팔한 가벡과 달리, 민우는 슬쩍 지친다는 표정을 지었다. 왠지 모르게 습한 기운 때문에 체력 저하가 빨랐던 탓이었다.

그래도 어쩌랴. 각성자, 전투 종족 사이에 일반인으로 꼈으니 꾹 참고 버틸 수밖에.

2시간 쯤 이동하고 잠시 앉아서 쉬었다.

가볍게 MRE로 밥을 먹고 있자니, 멀리서 2인조 남자가 다가왔다.

"남자?"

"젠장 아쉽네. 여자였으면 좋았을 텐데."

남자들은 중국어로 뭐라뭐라 중얼거렸다.

대화 내용으로 봤을 때, 자살하러 왔거나 미아가 된 여자들만 노리는 범죄자들 같았다. 만약 일행에 여자가 껴있었거나, 여자만 있었다면 끔찍한 일이 벌어졌으리라.

"저거 뭐야. 이상한 말 지껄이는데?"

가백이 소고기를 우적우적 씹으며 물었다. 반면 지훈은 적당히 알아들은 터라, 일단 제압할 준비를 했다.

"형씨, 여기는 왜 온 거야?"

남자가 중국어로 물었다.

민우가 슬쩍 MP5 쪽을 훑었다.

경계하는 모양이었다.

"민우, 괜찮다. 그냥 밥 먹어."

안심시키고는 가백에게 눈짓해 단검을 빌렸다.

지훈이 검을 들자 범죄자들이 슬쩍 당황했다.

"뭐야, 우린 얘기하러 온 거라고?"

"Nice to meet you(반갑습니다)!"

지훈이 양팔을 벌려 환영하자, 범죄자들이 갸웃거렸다.

범죄자들이 서로를 쳐다보며 뭐라 중얼거렸다. 그 사이 지훈이 슬쩍 다가가….

푹.

풀썩.

범죄자 하나가 바닥에 쓰러졌다. 다른 범죄자가 눈을 희번덕거리며 총으로 손을 가져갔지만….

훅!

털썩.

그나마도 금방 쓰러졌다.

"혀, 형님… 쟤네는 왜…?"

"말투 보니까 강도다. 약해 보이면 물건 털고, 여자였으면 강간했을 걸."

민우는 시체를 보며 토할 것 같다는 표정을 지었다. 그럼에도 음식은 일단 애써 집어넣었다.

"뭐 그런 표정을 짓지? 계집은 강간하고, 약자의 물건을 약탈하는 건 당연한 것 아니던가?"

야만적으로 살아 온 가벡에게는 당연한 일이었다. 하지만 도시인, 문명인으로 살아온 민우는 그런 가벡을 벌레 보듯 쳐다봤다.

"밥이나 처먹어, 새끼들아. 가벡, 그리고 나랑 함께할 때에는 될 수 있으면 사고치지 마라. 누누이 얘기하지만 여기는 인간의 땅이다."

가벡은 식사를 끝낸 손가락을 빨며 어깨만 으쓱거렸다.

"좋은 총 쏠 수 있고, 맛있는 음식 먹을 수 있다면야."

– 이블 포인트가 1 감소했습니다.

권능의 반지

82화.

믿을 수 없는 거래상대

권능의 반지

82화. 믿을 수 없는 거래상대

NEO MODERN FANTASY STORY

하루를 꼬박 이동했음에도 FS의 유적은 보이질 않았다.

'생각보다 깊은 곳에 있다.'

거리로는 약 20km 정도였지만 지형 문제 때문에 우회하는 일이 잦았기 때문이었다.

'지금 이 속도라면 내일 저녁쯤이면 도착할 수 있겠군.'

남은 시간은 약 150시간(6일 남짓).

식량과 식수 역시 돌아올 것을 생각해 넉넉히 챙겼으니 딱히 시간에 쫓길 일은 없었다.

'저번처럼 바퀴벌레 잡아먹으면서는 못 간다.'

지훈은 신진대사가 빠른 터라 음식이 없으면 남보다 2배 더 빠른 속도로 탈진했고, 민우는 굶주릴 경우 면역력이 약해져서 질병에 걸릴 위험이 있었다.

가벡은 뭐… 농담 조금 섞어서 철 씹어 먹거나, 아군을 잡아먹을 놈이었다.

"곧 해가 질 것 같은데, 어쩔 거지?"

가벡이 슬그머니 물어봤다.

밝는 밤눈을 가진 버그베어와 달리, 밤눈이 어두운 인간을 배려하는 것 같았다.

"야영하기 좋은 위치가 보일 때 까지 이동한다."

"눈은?"

대답할 것 없이 마법을 시전 했다.

"valgus(빛)."

습작 954번이 작게 진동하는 듯싶더니, 밝은 빛이 뿜어져 나왔다.

✧

"오늘은 여기서 쉬지."

일행은 커다란 바위를 야영 장소로 결정했다. 마치 사다리꼴 같은 모양을 한 모양이었다.

바닥이 딱딱해서 좋은 잠자리는 아니었지만, 기어 올라올 만한 입구가 하나라 안전해 보였다.

"ilutulestik(불꽃)!"

습기를 머금은 나무가 연기를 뿜어내며 불에 휩싸였다.

숲 한가운데서 불을 피웠다가는 위치가 노출 될 위험할 수도 있었지만, 가볍게 무시했다.

여기는 자살숲이었다.

강도도 사람인데, 굳이 위험천만한 자살숲 심부까지 들어올 리 없었기 때문이었다.

마주친다고 해봐야 폐품업자나 야생 짐승이 다였다.

그런 녀석들은 전부 덤벼봐야 이쪽의 압승이다.

"신기하군. 주술인가?"

"마법, 새끼야. 마법. 주술은 또 뭐야?"

"적의 심장을 먹어 수명을 늘리거나, 오줌을 발라 병을 낫게 한다. 우리 부족에도 솜씨 좋은 주술사가 하나 있었지."

주술사라기 보단 사짜 느낌이 났지만 그러려니 했다.

애초에 마법을 보지 못한 사람이 '에이, 그거 다 구라 아니야?' 하는 것처럼, 세드에서는 사람 상식 구부러지는 게 일상이었다.

실제로 소말리아에서도 오우거들이 맨 몸으로 탱크를 짓밟고 다니는데, 소문만 들어서는 믿지 못할 내용이지 않던가.

"신기는 하지만, 직접 겪어보고 싶지는 않군."

"너도 아품자인가 뭔가 하는 주술사와 거래를 한 모양이던데?"

"그래. 칼콘의 팔과 다리를 돌려놓으라고 얘기했다."

가벡이 흥미롭다는 듯 이빨을 매만졌다.

"믿을 수 있는 자인가?"

쉬이 대답하지 못하고 입을 다물었다.

솔직하게 말하면 믿지 못하기 때문이었다.

아쵸푸므자는 정체부터 시작해서 시키는 일 까지 모조리 정체를 알 수 없는 녀석이었다.

공생관계를 구축해 놓는 편이 이익이 되는지라 잡무를 처리해 주고 있지만, 때가 되면 서로 등을 돌려야 할지도 몰랐다.

하지만 그렇다고 여기까지 따라와 준 사람에게 괜한 불안을 심어줄 필요는 없다.

입에 회색 빛 거짓말을 담았다.

"믿을 수 있다."

아쵸푸므자는 믿을 수 없었지만, 실력은 믿을 수 있다. 실제로 본인 입으로 '가능하다.'고 하지 않았던가.

"형님, 솔직히 우리끼리니까 얘기하는 건데 말입니다. 저는 그 년 이상합니다. 무서워요."

보초를 서던 민우가 갑작스럽게 끼어든 것은, 지훈이 믿을 수 있다는 말을 꺼낸 때였다.

"그 여자, 마법사라면서요. 솔직히 마법사 종자들 전부 다 마음에 안 들지만… 그 년은 특히 더 그래요."

이상한 언어를 쓰는 것도 그렇고, 그 강력한 차원 여행자가 바로 고개를 조아리며 벌벌 떤 것도 그랬다.

"나도 그 새끼 마음에 안 든다. 네 마음 이해해. 하지만 사정상 어쩔 수 없이 같이하는 것뿐이다."

"네… 뭐 어차피 저도, 형님이랑 함께해야 하니까 군말 없이 임무는 하지만… 저번에 갔던 거기는 도대체 어디에요?"

주머니 차원을 얘기하는 것 같았다.

아쵸푸므자가 무슨 마법을 썼는지 아는 지훈과 달리, 민우는 아무것도 모르고 일단 들어가기만 했다.

소인족, 마왕이라 불리는 일반인, 아쵸푸므자 모양을 한 순금상, 일행을 천사라고 부르는 기행.

모조리 이해할 수 없었겠지.

이에 민우는 궁금증이 하나 생겼다.

'인간이 맞긴 한가?'

현재 인간 중 가장 강력한 마법사는 아이덴티티의 전투 마법사 '던칸 가루다'였다.

인도 사람으로, 천부적인 재능으로 단 한 번의 전투도 치루지 않고 재능 하나로 유일무이한 마법 등급 S를 차지한 세기의 천재였다.

"그 사람도 장거리 공간이동은 못 한 대요. 아니, 할 수는 있지만 국가 단위로 뛸 수는 없다구요."

하지만 아쵸푸므자는 했다.

심지어 국가 레벨이 아닌 차원 레벨의 마법을 부렸다.

"지금으로썬 나도 모른다. 말 돌리는 게 아니라 진짜 몰라.

솔직히 나도 그 녀석이 시킨 일 하면서 꺼림직 하다."

그래서 아쿄푸므자가 관련 된 일에는 빠져도 좋다고 얘기했던 지훈이었다.

"언제나 얘기하지만, 내 개인적인 일이다. 돈도 못 주니까 빠져도 좋아. 아니, 어떻게 보면 빠지는 게 당연한 거다."

다음부터는 알아서 하겠다는 말이었지만, 민우는 못들은 척 '그냥 그렇다구요.' 하고 넘어가 버렸다.

그 말을 마지막으로 딱히 별다른 얘기는 하지 않았다.

단지 가벡이 잠들기 전 뼈있는 말을 내뱉었을 뿐이었다.

"주술사와 엮이면, 항상 끝이 좋지 않더군. 심장을 먹어 수명을 늘린 녀석은 미쳐버렸고, 오줌을 발라 병을 치료한 녀석은 고자가 됐지."

왠지 모르게 섬뜩하게 들리는 말이었다.

"주술사들의 속은 알 수 없지. 그럼에도 그 안에 독이 있을지, 꿀이 있을지 확인해보고 싶다면, 선택은 언제나 네 몫이다."

⊕

평화로운 밤이 지나갔다.

이름 모를 새가 우는 소리와, 크기가 50cm는 될 법한 곤충들이 날개를 비비는 소리만 가득했다.

다음 날.

약 6시간 정도 더 이동하자 일행은 숲 사이에 위치한 기묘한 공간에 도착할 수 있었다.

"이건 또 뭐야…"

미로처럼 얽혀있는 나무들 사이에 위치한 아무 것도 없는 무의 공간은 마치 자연이 뒤틀어진 듯 이질감만 가득했다.

숲과 공간의 경계는 마치 자로 잰 것처럼 깔끔했고,

공간 안에는 풀 한 포기 없는 회색 바닥만 죽 늘어졌으며,

군데군데 백골이 된 시체들만 몇 구 나뒹굴 뿐이었다.

아마 자살하려 들어왔다가 급히 마음을 바꿨으나, 길을 잃고 헤매다 좌절하며 죽은 불쌍한 영혼들이리라.

인공물을 발견한 마음에 일말의 희망을 품었을 것 같지만, 그 희망을 싹 틔우지 못하고 서서 굶어 죽은 것처럼 보였다.

"여길 들어가자고? 난 그 의견 반댄데."

가벡이 팔짱을 끼곤 킁 하고 콧소리를 내뱉었다.

그도 그럴게, 딱 봐도 발을 들였다가는 곱게 못 나갈 것 같은 광경이었다.

'어쩌지?'

고민했으나, 말 그대로 잠시였다.

장비 값이나 이런 거 다 때려쳐도 괜찮았으나, 지금 여기서

등을 돌리면 칼콘은 영원히 장애인으로 살아야 했다.

"싫으면 돌아가라. 어차피 하루 밖에 안 지났으니까, 왔던 길로 돌아가면 될 거다."

강요할 생각은 없었다.

계속 강조했듯, 이건 본인과 아쵸푸므자의 거래지 보상을 줄 수 있는 일반적인 의뢰가 아니었다.

대답을 기다렸지만 침묵만 돌아왔다.

같이 간다는 뜻이었다.

"곰 대가리에 좆 들이미는 느낌이다."

가벡은 인중을 들어 올리며 공간 안으로 발을 올렸고,

"의뢰 나갈 때 마다 죽을 위기 2번씩 넘기는데 뭘 또…"

민우는 농을 내뱉으며 공간 안으로 발을 옮겼다.

구구구국….

셋 다 공간 안으로 들어가자, 작은 진동과 함께 바닥이 작게 일렁거렸다.

뭐가 튀어나올지 몰랐기에 M33을 꽉 쥐었다.

기대와 달리 큰 변화는 없었다. 단지 매끈했던 바닥에 룬어와 함께 온갖 이상한 그림들이 나타났을 뿐이었다.

- Me ei suutnud kohaneda. Kuid jättes lõpliku rekord latecomers. (우리는 적응에 실패했다. 하지만 다음 희생자들을 위해 마지막 기록을 남긴다.)

- Ees rada ja me oleme elanud, namgyeotgo tõendeid kohustuse rikkumise. Lõpuks, pärast seda, kui on haaranud tõeline ostja ei tohiks kunagi teha. (그 내용으로 우리들이 살아온 흔적이자, 개척의 증거를 남겼고. 마지막으로 다음 희생자들이 절대로 하지 말아야 할 실수를 담았다.)

- Aga me oleme valinud, kui teil on pidu, ei ole lihtsalt võimalik teada, kas röövlid. Nii oleme valmis väike test. (하지만 우리는 그 기록을 누구에게나 열람하게 할 순 없었다. 인과율을 뒤틀어 버릴 수 있는 강력한 기록이었기에, 도굴꾼들을 대비해 약간의 시험을 준비했다.)

- Lõpuks hoiatus. Kui oled ise valinud ja soovid minna tagasi kohe. Ees ei ole maa tapja veeta. (마지막으로 경고한다. 당신 혹은 당신 종족이 파멸의 지식을 얻을 준비가 되지 않았다면, 지금 당장 되돌아가기를 권장한다.)

난데없이 룬어가 튀어나오자 당황스러웠다.

'룬어는 마법사들의 언어일 텐데, 왜 고대종의 유적에 룬어가 보이는 거지?'

마도학이나 고고학에 관심이 없던 터라 정확한 지식은 알 수 없었음에도, 뭔가 이상한 기분이 들었다.

항상 이랬다.

아쵸푸므자의 일은 이해할 수 없는 것 투성이었다.

알려고 해봐야 이해할 수도 없거니와, 물어도 대답해 주지 않았기에 모르는 게 나을 거라 몇 번이나 되뇌었음에도… 항상 이런 식으로 뭔가 찝찝한 꼬리를 남겼다.

점점 더 늪에 빠지는 있다는 기분을 지울 수 없었다.

혼자서 정리하고 있자니 민우가 끼어들었다.

"올라가자마자 발동하네요. 그림 같은 것도 그려져 있네."

룬어 옆에 문맹을 위한 설명으로 보이는 그림이 있었다.

사람 모양을 한 존재가 초원에 서있는 그림이나, 집을 짓는 그림부터 뭔가 폭발하는 그림도 보였다.

폭발 이후 그들은 지하로 들어가 생활을 한 것 같았다. 마치 개미 같은 단면도가 보였고, 많은 존재들이 뭔가 열심히 작업하는 모습이 보였다.

"이거 왠지 세드 고고학계에 엄청난 돌풍을 몰고 올 수도 있는 발견을 한 것 같은 기분인데요…?"

민우가 그림을 보며 작게 중얼거렸다.

그도 그럴 게, 엄청나게 긴 문서 외에도 FS들의 생활을 자세히 묘사한 그림들이 잔뜩 그려져 있었다.

아마 보사나 연구 기관에 제보한다면 엄청난 돈을 받을 수 있을 것 같았다.

"나는 도리어 위험하다는 뜻 같은데."

학문적으로 접근한 민우와 달리, 가벡은 경고를 의미하는 그림을 유심히 살펴봤다.

도굴꾼과 대비에 관련 된 내용 바로 옆이었다.

그림에는 도굴꾼으로 보이는 생명체가 이름 모를 기계장치에 꿰뚫리고 있었다.

"아무래도 함정이 있는 모양이다. 지금은 어떨지 모르겠지만, 유적 안에 들어가면 조심들 해. 어디서 뭐가 튀어나올지 모른다."

직경 100M는 되어 보이는 허허 벌판에서 뭐가 튀어나올 것 같지는 않았다.

"아마 입구만 찾으면 될 것 같다."

"형님, 저기 바닥에서 뭐 올라… 오네요?"

민우가 2시 방향을 가리키며 말했다.

돌아보자 바닥면이 상승하고 있었는데, 그 안에는 타원형의 기계장치가 이쪽으로 빙글 돌고 있었다.

위-이-이-이-잉!

쉑!

타원형 기계 장치가 팬 돌아가는 것 같은 소음과 함께 붉은색 뭔가를 뱉어냈다.

퍽!

맞았다.

복부가 관통됐다.

'이런 씨발…!'

짙은 고통과 함께 시야가 붉게 물들었다.

그 와중에 관통됐다는 사실에 안심했다. 틀어 박혔다면, 운동 에너지를 이기지 못하고 쓰러졌을 게 분명했다.

- 신체를 재생합니다. 신진대사가 가속됩니다.

순간 정신을 잃을 뻔 했지만, 애써 진정하고는 외쳤다.

"엎드려!"

가벡과 민우의 자세가 낮아지는 것을 확인함과 동시에….

투웅-

M33의 방아쇠를 당겼다.

40mm 고폭탄이 포물선을 그리며 날아가, 타원형 기계 주변에 정확히….

콰광!

권능의 반지

83화.

유적 진입

권능의 반지

83화. 유적 진입

연기가 지나나자 너덜너덜해진 기계가 모습을 드러냈다.

'다행히 한 발로 끝난 건가.'

혹시 폭발에 저항이 있을까 걱정했거늘, 다행이었다.

이후 추가 공격이 있을까 주변을 경계했지만, 다행히 다른 기계가 나타날 기색은 보이질 않았다.

"형님, 괜찮으세요!?"

민우가 급히 다가와 지훈의 상태를 물었다. 가방을 뒤지는 모습이 구급약을 찾는 모양이었다.

"어. 괜찮아. 약 집어넣어 둬."

민간인으로 치면 빈사에 해당하는 관통상이었다. 반면 재생을 가지고 있는 지훈은 가볍게 넘길 수 있었다.

그도 그럴 게, 슬러그 탄 같은 걸 맞았다간 내장이나 뼈가 걸레가 되지만 관통상은 상처 부위가 적었기 때문이다.

"아니 총에 맞았는데 어떻게…."

민우가 믿을 수 없다는 표정을 지었지만, 설명할 것 없이 그냥 손만 휘적거려 물렀다.

그래도 혹시 몰라 약을 꺼내 기다리는 민우였지만, 다행히 그 약을 사용할 일은 발생하지 않았다. 약 2분 정도 지나자 출혈이 멈췄고, 10분 쯤 지나자 새살이 돋아났다.

"강화계 능력인 모양이지?"

가벡은 재생 능력을 겪어봤는지, 시큰둥하게 물었다.

"아아."

거짓말 할 생각은 없었기에, 긍정도 부정도 아닌 회색빛 감탄사를 내뱉었다. 가벡은 그걸 긍정으로 인식했다.

"한 번 상대해 봤는데 정말 까다로운 녀석이었지. 멀리서 아무리 총을 쏴재껴도 죽지를 않더군."

이후 '그래서 입안에 수류탄을 박아 넣었어. 그제야 죽더군.' 하고 가벡이 반쯤은 자랑하듯 말했다.

"이제 괜찮아. 다시 출발한다. 사주 경계하며 걸어. 뭐 이상한 거 보이면 바로 쏴라."

삼각형 대형으로 조금씩 앞으로 나아갔다. 선두에는 지훈이 섰고 좌측 날개에 가벡, 우측 날개에 민우가 뒤따랐다.

입구가 어디 있는지 몰랐기에 원 모양을 그리며 바깥 둘레부터 훑으며 움직였다.

"이거 굶어 죽은 게 아닌 것 같은데요."

이동 중 민우가 시체를 발로 휘적거리며 말했다.

짐이 하나도 없는 걸 봤을 때 자살하러 온 미아로 보였으나, 특이하게도 옷에 구멍이 여러 개 뚫려 있었다.

아마 원통형 기계, 터렛에 의해 사살된 모양이리라.

"여차하면 우리도 저 꼴 된다. 조심해."

유적의 입구는 공간 맨 중앙에 위치하고 있었다.

다른 발판과는 고저 차이는 없었지만, 양각으로 벙커 같은 표시가 되어 있었기에 쉽게 알아챌 수 있었다.

'어떻게 열지?'

문제는 그 입구를 열 방법을 전혀 모른다는 사실이었다.

힘으로 열려도 해봐도 지레를 넣을만한 틈이 전혀 보이질 않았다. C4를 사용하려는 찰나, 반지가 작게 진동했다.

우으응–

– 반지를 유적 입구에 가져다 대 주십시오.

순순히 가져다 대자 발판이 반응했다.

쿠구구구구구….

소리로 보건데 발판 아래에서 뭔가 솟아오르는 것 같았기에, 일행은 5M 정도 뒤로 물러났다.

혹시 터렛이 나올지도 몰랐기에, 무기를 들고 경계했다.

다행히 그런 일 없이 사람 열댓 명이 들어갈 수 있는 승강기가 나타났다.

"들어… 가야겠죠?"

민우가 내키지 않는다는 표정을 지었다.

"당연하지. 따라와."

모두 올라타자, 승강기가 자연스럽게 하강했다.

쿠구구구구구…!

낡아서 추락하는 게 아닐까 하는 걱정도 잠시.

승강기는 만년이나 방치됐다고는 믿을 수 없을 정도로 부드럽게 내려갔다. 게다가 승강기 안에 인공적인 빛이 있는 걸 봤을 때, 전원도 완벽한 것 같았다.

"거의 다 온 것 같다. 가벡, 방패로 막아."

문이 열리자마자 공격당할 수 있었기에 선택한 방법이었다.

"만약 적이 지근거리에 있으면 절대 쏘지 마라. 후폭풍 때문에 우리가 죽는다."

좁디좁은 승강기 안에 셋이 몰려있는 상황이었다. 나란히 어깨동무 하고 폭사할 수 있었다.

대신 적이 지근거리에 있으면 방패로 밀어낸 뒤, 지훈과 가벡이 아티펙트로 처리하기로 했다.

띵.

도착했다는 소리와 함께 문이 열렸다. 그와 함께 갓 성인이 됐을 법한 여자가 서서히 모습을 드러냈다.

'이게 뭔…!'

순간 당황한 지훈과 달리, 가벡은 명령받은 대로 전혀 망설임 없이 방패로 여자를 후려쳤다.

각성자가 온 힘을 담아서 휘두른 일격이었다.

방패에 가시가 박혀있지 않다지만, 일반인이라면 사망할 수도 있는 강력한 공격이었다.

하지만….

텅!

방패는 금속 부딪치는 소리와 함께 막혀버렸다.

가벡은 당황하지 않고 바로 E등급 아티펙트로 여자의 목을 찔렀으나, 그나마도 '텅' 소리와 함께 막혀버렸다.

"Tere. Ma olteong Clerk vastutab rekord panipaik kirjelduse. (어서오십시오. 저는 기록보관실 안내를 맡고 있는 올텅입니다.)"

반격이 올 거라는 예상과 달리, 여자는 맑은 목소리로 인사했다.

"잠깐, 멈…."

대화가 가능할 것 같아 가벡을 제지했지만, 가벡은 이미 팔을 휘두른 후였다.

이번에는 아티펙트가 여자의 입 속으로 들어갔고….

깡!

깨져버렸다.

"어?"

애병이 박살나자 가벡은 혼란스러운 표정을 지었다.

"멈춰. 적의가 없어 보인다."

어차피 무기가 없어져 싸울 수도 없는 상태였기에, 가벡은 순순히 뒤로 물러섰다.

"Analüüs keeles. Valmis. (언어 분석 중. 완료.)"

올팅이 이번에는 한글로 다시 한 번 인사했다.

"저는 해당 기관을 안내하는 역할을 맡고 있습니다. 그렇기에 매우 단단하게 설계되어 있지만, 그럼에도 파괴하려 할 시 제한적 관리자 권한으로 방문자님을 배제하겠습니다."

감정이 하나도 섞이지 않은 무덤덤한 경고가 떨어졌다.

일단 당장 싸울 필요는 없어 보였기에, 지훈은 싸울 생각이 없음을 보여줬다.

그제야 서기관, 올팅은 다시 감정을 보이며 인사했다.

"반갑습니다, 방문자님. 무엇을 도와 드릴까요?"

들어오지 말라며 터렛까지 설치해 놓은 주제에, 승강기에서 내리자마자 안내라니?

이해가 되지 않았으나, 일단은 올팅의 말에 대답했다.

"첫 번째 자손들의 기록을 찾고 있다."

기록이라는 말에 올팅의 입에서 작은 기계음이 흘렀다. 뭔가 사고 회로에 변화가 생긴 것 같았다.

"반갑습니다, 선택받은 자님. 기록실 위치가 저장된 내비게이션을 전송하겠습니다."

올팅의 손바닥이 갈라지며 작은 기계가 튀어나왔다.

사람 모습을 하고 있던 탓에, 생살이 갈라지는 모습이 연출되어서 조금은 그로테스크해 보였다.

기계를 집어 들자 올팅은 그제야 승강기에서 비켜섰다.

"기록실로 향하는 길은 내비게이션 안에 모두 기록되어 있습니다. 그 외 질문사항이 있으면 여쭤봐 주십시오."

일단 당장 급한 건 없었기에 승강기 밖으로 나왔다.

마치 SF 영화 속에서나 볼 수 있을법한 깔끔한 복도가 눈앞에 펼쳐졌다. 그 모습이 '유적'이라는 단어와는 영 어울리지 않아 보였다.

다행히 지금 당장은 외길로 보였기에, 길을 잃을 걱정은 하지 않아도 될 것 같았다.

하지만 눈에 거슬리는 게 하나 있었으니….

복도에 백골이 하나 누워 있었다.

"저건 뭐지?"

"방문자입니다. 현재 전원이 고갈된 상태입니다."

올텅은 마치 백골이 기계라도 되는 것 마냥 얘기했다.

어떻게 들어왔는지는 몰랐으나, 아마 밖에 나갈 방법을 찾지 못하고 굶어 죽은 것처럼 보였다.

2초짜리 싸구려 동정을 던져줬다.

"주의해야 할 사항이 있나?"

"도굴꾼을 막기 위한 함정 및 방어 프로세스가 가동 중입니다."

안내역이 있어서 편하게 가져올 수 있겠거니 했거늘, 참으로 안타까운 사실이 아닐 수 없었다.

"네 권한으로 제거할 수는 없나?"

"최상위 관리자 권한이 아니면 할 수 없습니다. 현재 최상위 관리자님께선 기록 보관소 내를 배회하고 계십니다."

배회?

이상했다.

보통 사망하거나, 죽은 사람에게는 '배회'라는 단어를 쓰지 않기 때문이었다.

"최상위 관리자도 혹시 기계인가?"

"아닙니다. 그 분의 육체는 딱딱한 기계로 이루어져 있지만, 그 안에는 따뜻한 영혼이 깃들어 있습니다."

얼핏 듣기로, 첫 번째 자손 중 몇몇은 시간을 초탈할 힘을 가지고 있다고 했었다. 아마 그런 존재겠지.

'아마 그 관리자 녀석을 만나면 일을 쉽게 처리할 수 있을 것 같다.'

아쵸푸므자가 보낸 지훈이 '선택받는 자'가 맞는지는 알 수 없었으나, 큰 상관은 없었다.

수틀리면 협박해서 권한을 뺏으면 그만이었다.

하지만 그 관리자라는 녀석도 배회하고 있다고 하니, 만나기가 쉽지 않을 것 같았다.

'시간이 많다면 조금 우회하더라도 관리자를 찾는 쪽이 안전하지만, 지금은 그럴 수 없다.'

식량과 식수도 제한되어 있거니와, 아쵸푸므자와의 거래 기간도 신경 써야 했다.

결국 강행돌파 쪽으로 결론을 내리고는 이동했다.

아니, 이동하려고 했다. 올텅이 붙잡지만 않았으면.

"부탁이 있습니다."

올텅은 일행에게 음식이 있냐고 물었다. 있기야 했지만, 도대체 그게 왜 필요할까 싶어 되물었다.

"제 친구의 전원을 복구시켜야 합니다."

올텅이 백골을 내려다봤다.

아마 생명체에 대한 지식 부족으로 일어난 사고 오류 같았으나, 굳이 정정해 줄 생각은 없었다.

가끔은 지독한 꿈이라 할지라도, 지옥 같은 현실보단 나을 때도 있기 때문이었다.

"민우, 칼로리 바 하나 줘."

민우가 못마땅한 표정으로 가방에서 칼로리 바를 꺼내 올텅에게 건네줬다.

"아…?"

올텅이 멍 하나 바라만 보고 있었다. 처음 보는 물건이라 어떻게 써야 할지를 모르는 것 같았다.

결국 민우가 어떻게 먹는 건지 설명해 주고 나서야, 올텅은 백골 치아 주변에 칼로리 바를 문댔다.

"감사합니다, 선택받은 자 님. 부디 안전한 발굴되시길 바랍니다."

올텅은 그 말을 마지막으로 움직이지 않았다.

"이제 가지. 뭐가 나올지 모르니까 주의해라."

일행은 그렇게 올텅을 내버려 두고 기록실로 향했다.

위에서 입구를 찾을 때와 대열을 조금 바꿨다.

이번에는 방패를 든 가백이 선두에 섰고 좌측 날개에 지훈, 우측 날개에 민우가 섰다.

"여기서 부상당하면 해줄 수 있는 게 없으니까, 무조건 몸사려라. 알간?"

"걱정 마라."

"예, 형님."

입구에서 갑자기 터렛이 솟은 경험을 했기 때문일까?

일행 모두 긴장 상태를 늦추지 않았다. 고요한 유적 복도 사이로 셋의 걸음 소리만 울렸다.

온 몸이 쫄깃해지는 아찔한 시간이 약 30분.

경계하며 걸은 탓에 금방 지쳐버렸다.

"빌어먹을, 마치 아무것도 없는 것처럼 고요해. 여기에 뭐가 있긴 한 건가?"

가벽이 방패를 매만지며 투덜거렸다. 투사인 그로써는 아마 이 긴장감이 미칠 만큼 싫었던 모양이다.

"아무 일 없는데도 생각보다 너무 빨리 지치네요."

그럴 수밖에 없었다.

3kg이 넘는 쇳덩이를 들고 어디서 뭐가 튀어나와도 반응할 수 있게 집중력을 끌어 올려야 하는 게 경계였다.

평소 걷는 것과 몇 배는 더 힘들게 당연했다.

"이러고 이동하는 게 효과가 있었으면 좋겠군."

투덜거리고 있던 찰나….

텅, 텅, 텅….

복도 건너편에서 쇳소리가 들려왔다.

권능의 반지

84화.
FS 유적 수색 (1)

권능의 반지

84화. FS 유적 수색 (1)

NEO MODERN FANTASY STORY

누구 할 것 없이 바로 몸을 일으켜 전투 준비를 했다.

"쏘지 마. 최상위 관리자일 수도 있다."

방패에 몸을 엄폐하고 총을 겨누고 있기를 잠시.

시야에 쇠로 만든 것 같은 거대 거미가 나타났다.

- Identification. (식별 중)

거대 거미는 붉은 레이저로 일행을 훑었다.

"저거 뭐야. 이상한 거 나오잖아! 위험한 거 아냐?"

가벡이 불안한지 버럭 소리를 질렀다.

"기다려. 아직이다. 신호하면 바로 쏴."

아직까지는 식별 중이라는 말만 나왔을 뿐, 그 어떤 전투
의지도 보이지 않았다. 조금 더 들어봐야 했다.

- Vastuolud andmetes. Eem…. (식별. 데이터 불일치.
제거….)

기대와 달리 최상위 관리자가 아닌 것 같았다. 기계가 8개
의 다리를 한 곳에 모아 점프할 준비를 했다.

명백한 공격 의사였다.

"갈겨!"

투웅 -

타타타타탕!

40mm 유탄과 9mm 폭발 탄환이 순식간에 뿜어져 나갔
다.

콰콰콰콰쾅!

거대한 폭발이 복도를 가득 채웠다.

화끈한 열기와 함께 기계 파편이 날아왔지만, 대부분 가벡
의 방패에 가로막혔다.

화끈한 열기와 함께 매캐한 연기가 뿜어져 나와 속이 메스
꺼웠다. 그럼에도 적이 아직 무력화 되지 않았을 수도 있었기
에 총을 겨누고 있었다.

머지않아 연기 사이로 몸통이 푹 파인 기계가 드러났다.

"죽은 걸까요?"

"애초에 살아있지도 않았어. 가벡, 가서 확인해 봐."

가벡에게 D등급 단검을 건네줬다.

슬금, 슬금.

조심스럽게 게걸음을 치는 모습이 우스꽝스러웠지만, 상

황이 상황인지라 그 누구도 웃지 않았다.

가벡은 거미 앞에 도착하자마자 발로 기계를 툭 밀었다.

텅– 도르르르….

몸통 부분이 그대로 쓰러지더니 복도를 굴렀다.

더 확인할 것도 없이, 기능 정지가 확실해 보였다.

"죽었다."

가벡이 아티펙트를 돌려주려 했지만, 어차피 M33으로도 벅찼기에 잠시 빌려주기로 했다.

이후 같은 방법으로 전진했다.

조금씩 앞으로 전진하자, 갈림길이 튀어나왔다.

앞으로 쭉 갈 수 있는 직진과, 곡선으로 꺾인 갈림길이 두 개였다.

'네비게이션을 발동해 볼까.'

마치 손가락만한 캡슐처럼 생긴 기계였다. 얼핏 보기엔 철로 만든 알약처럼 보이기도 했다.

딱 봐도 전원으로 보이는 스위치를 누르자, 초록색 광선이 초속 100m는 되어 보일법한 속도로 주변을 훑었다.

주웅–

이후 초록 광선이 오른쪽 갈림길을 3초 정도 비추다 사라졌다. 한 번 키면 계속 유지되는 형태는 아닌 것 같았다.

"믿을 수 있을까요?"

민우는 올텅이 백골의 치아에 칼로리 바를 문대던 걸 떠올렸다. 영 못마땅해 보였다.

"믿어 봐야지. 안 믿어봐야 여기서 헤매기밖에 더 하겠냐. 게다가 거짓말 할 녀석으로 보이지도 않았잖아?"

올텅은 지훈을 '선택받은 자'라고 말했다.

FS들이 어떤 녀석들인지는 모르겠지만, 이랬다저랬다 하며 사람 엿 먹일 족속들 같아 보이진 않았다.

과학 기술이 발전한 필요한 필수 요소가 바로 논리였다.

복도를 어느 정도 걷자 우측에 방이 하나 나타났다.

– Liftid ja kaitsepoliitika protokoll kontrolli tuba (승강기 및 방어 프로토콜 제어실)

문은 여닫이가 아닌 미닫이 형식이었고, 손잡이 대신 버튼식 개폐기가 달려 있었다.

"어… 여기는 뭐죠?"

"승강기랑 방어 시스템 제어하는 곳 같다."

대답해 주자 민우가 신기하다는 듯 쳐다봤다.

"어떻게 아세요?"

뭐라고 말해야 할지 잠시 고민했다.

진실을 말해주는 게 제일 좋았지만, 칼콘의 전과를 봤을 때 감정적인 문제가 생길 것 같았다.

'일단 지금은 말고 나중에 설명하자.'

"그냥 딱 보기에 그래 보인다는 얘기지."

둘러대자 민우도 그러려니 하는 표정이었다.

한동안 이 문을 열지 말지를 놓고 의견이 오갔다.

가벡은 문을 열면 기습을 당할 우려가 있으니 그냥 지나가 자는 의견을 꺼냈지만,

반면 민우는 안에 가져갈만한 보물이 있을지도 모르니 확 인만 하자고 얘기했다.

'어쩔까…'

승강기 및 방어 프로토콜 제어실.

분명 승강기가 반지에 이끌려 작동을 한 것인지, 아니면 안 에서 작동을 시킨 건지는 알 수 없었다.

만약 후자라면 안에 뭔가 있을 확률이 높았다.

기계라면 괜히 사서 고생하는 꼴이 될 테지만 만약 그게 '최상위 관리자' 라면, 대화로 이 일을 해결할 수 있으리라.

"확인하고 간다."

열기에 앞서 잠시 고민했다.

'만약 방이 작다면 유탄 후폭풍에 휘말릴 수도 있다.'

당연한 얘기겠지만, 폭발 반경보다 방이 작다면 당연히 밖 으로 새어나왔다. 직격은 아닌지라 힘이 반감된다고 한들 일 반인에게는 충분히 위험했다.

"민우, 너는 물러서 있어. 위험할 수도 있다."

각성자인 지훈과 가벡은 그 정도 충격은 견딜 수 있었기에 문 앞에서 대기했다.

"이 안에 있는 녀석은 대화할 수 있을지도 모르니까, 선공 하지 마라. 위험한 녀석일 수도 있다."

방어 프로토콜 관리자인 만큼, 괜히 시비 걸었다가 방어 단계가 올라가는 꼴을 당할 수도 있었기 때문이었다.

"남의 칼까지 부숴먹을 순 없지. 알겠다."

준비를 다 마쳤기에 가벡에게 명령했다.

"버튼 눌러."

가벡이 위험한 물건 만지듯, 방패로 버튼을 때렸다.

쿵! 소리와 함께 쉬이익 하고 문이 열렸다.

방 안에는 인영이 하나 앉아있었다.

전체적으로 올텅과 비슷해 보였지만, 차이점이 있었다.

올텅이 완벽한 사람의 모습을 하고 있었다면, 해당 기계는 단순 사람의 실루엣만 흉내 냈을 뿐, 피부나 머리카락이 단 하나도 보이질 않았다.

피부 대신 차가운 금속이, 눈 대신 센서가 달려 있었다.

센서가 휙 움직이더니 레이저를 뿜어냈다.

가벡이 거대 거미 전과를 생각하며 물었다.

"안 좋은 느낌이 드는데. 먼저 쏘는 게 어때?"

"헛소리 집어 치우고, 일단 기다려."

- See koht on piiratud ala. Kui sa murda see võib olla kahjuks. Palun sammu tagasi. (해당 구역은 제한되어 있습니다. 침입할 경우 불이익을 받을 수 있습니다. 물러서 주십시오.)

사람 모양 기계는 그 말만 내뱉었을 뿐, 아무런 행동을 취하지 않았다. 아마 먼저 공격할 생각은 없는 것 같았다.

'어쩔까?'

고민됐다.

만약 저 녀석을 제거하고 프로토콜을 만질 수만 있다면, 기계나 함정 걱정 없이 편하게 전진할 수 있었다. 하지만 정작 죽였는데 프로토콜을 만질 수 없다면?

셋 다 나란히 입구에 있던 백골 꼴 난다.

'내버려 두자. 괜히 망가뜨렸다가 피 볼 수도 있겠다.'

목숨 걸린 일이었기에, 얌전히 물러나기로 했다.

"버튼 눌러서 문 닫아. 굳이 싸울 필요 없어 보인다."

가벡은 방패를 내리지 않은 채 조심스럽게 버튼을 눌렀다.

쉬이익, 쿵.

제어실을 뒤로하고 계속 전진했지만, 딱히 별다른 일이 일어나지는 않았다.

8시간 정도 더 전진하다가 적당한 자리를 잡고 야영했다.

"엄청 크네요. 러시아 하수도 느낌 나는데요."

민우가 MRE를 데우며 중얼거렸다.

그도 그럴 게 처음에야 속도가 느렸지, 3시간 째 정도부터는 걷는 속도와 거의 비슷하게 전진했다.

대충 시속 3km로 따지자면 20km는 족히 이동했다는 뜻이었다. 그간 발견한 거라곤 제어실 하나와 거미 모양 기계가 다였다.

"얼마나 더 가야하지? 여기서 굶어 죽을 수도 있다."

가벡은 절대 그럴 수 없다는 듯 말했다.

전쟁 중 죽어야만 신들의 전장으로 갈 수 있다고 믿는 종족이니, 아사는 명예롭지 못하다고 생각하는 모양이었다.

"거리는 알 수 없어. 방향만 알 수 있을 뿐이다."

슬쩍 남은 식량을 점검했다. 아껴 먹으며 전진했기에, 칼로리 바 포함 남은 식량은 5일 분이었다.

이틀 정도 굶는다고 치면 7일 정도 버틸 수 있었다.

'빠듯하군. 조심해야겠어.'

생명체가 하나도 없었기에, 식량 관리에 주의해야했다.

하수구는 그나마 쥐나 바퀴벌레라도 잡아먹을 수 있었지만, 여긴 개미새끼 한 마리도 없었기 때문이다.

"슬슬 자 둬. 불침번은 내가 먼저 서지."

자처해서 불침번으로 나섰고, 남은 둘은 침낭 안으로 들어갔다. 모닥불은 없었지만, 실내인 까닭에 온도는 적당했다.

지루한 시간 속, 생각을 정리했다.

칼콘에 대한 것, 시연과의 관계, 민우와 가벡에게 반지에 대해 어떻게 얘기할지에 대한 것 등 많은 문제들이 복잡하게 얽혀 있었다.

딱히 이렇다 할 명쾌한 해답은 나오지 않았다.

단지 마음이 조금 편해졌다.

✧

유적 진입 2일째.

전진 속도를 높이기 위해, 앞으로는 적이 나타나자마자 요격하기로 결정했다.

"앞에 사람 형태 기계가 나왔다."

"형님, 어떡할까요?"

"쏴."

"최상위 관리자면 어떡하려고요?"

대답 할 거 없이 그냥 방아쇠를 당겼다.

탄약을 아끼기 위해 한 발만 쐈다.

투웅―

콰광!

"시간 없다. 그딴 거 좆이나 까라 그래."

폭발에 의한 연기가 사라질 때 까지 기다리자, 팔 한 쪽이 날아간 기계가 보였다. 확인 사살을 위해 다가가니, 망가진 기계음으로 뭐라 뭐라 지껄였다.

가벡이 기계 머리에 D등급 아피텍트를 쑥 집어넣었다.

그제야 조용해졌다.

남은 시간. 102시간 (약 4일)

　　　　　　　　　　　◈

유적 진입 3일째.

이동, 요격, 휴식만 몇 번이나 반복했을까.

고요한 가운데 민우만 홀로 실없는 농을 던지기만 몇 번.

그나마도 없어지자 무거운 침묵이 내려앉았다.

다들 육체적으로나 정신적으로 힘들었기에, 서로 말 조심하는 듯싶었다.

"멈춰."

가벡이 갑자기 일행을 멈춰 세웠다.

대답 없는 추궁의 시선이 가벡에게 향했다.

"함정이 있다."

"무슨 개소리야."

가벡이 덫과 함정에 뛰어난 소질을 가진 사냥꾼이라고 한들, 여기는 FS유적이었다. 함정이 있다 해도 분명 기술 수준에 맞는 기상천외한 함정이 있을 터였다.

'설마 눈에 다 보이게끔 설치해 놨을 리가?'

믿을 수 없다는 듯 말하자, 가벡이 허공을 가리켰다.

"저기 안 보이나?"

말 그대로 허공이었다.

아무것도 보이지 않았다.

"가벡, 우리 피곤해. 괜한 걸로 멈추지 말자."

민우가 투덜거렸다.

가벡은 이해할 수 없다는 듯 갸웃거렸다.

"보이지 않는 건가. 좋다, 뒤로 물러나라."

말 대로 3M 정도 물러나자, 가벡이 하의 가죽을 한 움큼 찢어 돌돌 뭉쳤다.

휙!

허공에, 정확히는 함정이 있다고 말한 곳에 집어던졌다.

포물선을 그리며 날아가는 가죽을 보며, 지훈과 민우는 별일 있겠냐는 표정을 짓고 있었다. 그리고는….

위잉-!

갑자기 딱 봐도 위험해 보이는 굵은 레이저가 튀어나오며 가죽이 두 동강이 났다.

만약 그대로 전진했다면, 일행 전부 두 동강이 날 뻔 했다!

늘어져 있던 정신이 팽팽하게 날카로워 졌다.

"이런 미친…."

"그물 모양으로 미세한 빛이 보였다. 아마 지나가면 발동할 것 같더군."

"해제할 수 있나?"

가벡은 어깨를 들어 보임으로 부정했다.

"당연히 못 한다. 하지만 이제 그 빛이 보이지 않아. 다시 한 번 확인해 보지."

가벡이 다시 한 번 가죽을 던졌으나 이번에는 함정이 발동하지 않았다. 아마 일회성인 것 같았다.

"안전해 보이는 군. 내가 앞장서지."

다행히 아무런 피해도 없이 함정을 건널 수 있었다.

하지만 그게 전부였다. 이후 다시 침묵이 내려앉았다.

남은 시간 약 68시간 (3일)

권능의
반지

85화.

FS 유적 수색 (2)

권능의 반지

85화. FS 유적 수색 (2)

NEO MODERN FANTASY STORY

유적 진입 4일째.

햇빛을 보지 못하고, 바람을 느끼지 못한 지 벌써 4일이나 흘렀다. 지금이 오전인지, 오후인지도 몰랐다.

단지 걷고, 찾고, 부술 뿐이었다.

탐색 도중 창고로 보이는 장소를 찾았다.

- Kotid kogumine(2번 창고)

위험해 보이는 이름은 아니었기에 들렸다 가기로 했다.

만약 운이 좋다면 아티펙트를 얻을 수 있을 테고, 연구 물품으로 사용할 수 있는 잡화만 챙겨도 돈이 됐다.

현재 제일 우선순위 높은 일이 칼콘의 회복이라 할지라도, 그것만 보고 달려갈 수는 없었다.

이번 일에 든 장비 값 정도는 벌어가야 했다.

"큰 방이다. 천장도 높아."

가벡이 하늘을 올려다보며 눈을 찌푸렸다. 아마 그의 눈으로도 천장이 보이지 않는 모양이었다.

빛 마법으로 비춰보자, 대충 30M는 되어 보였다.

"쭉 늘어서 있는 게 무슨 도서관 같네요. 여기가 보관실일까요?"

"아닐걸. 얘네 정도 과학기술이면, 정보는 대부분 메모리 형태로 저장해 놨을 거다."

반은 맞고 반은 틀린 말이었다.

보통 데이터 저장은 컴퓨터와 책 두 종류 동시에 진행했다. EMP 혹은 태양광 전자기 폭풍 때문에 기계가 망가질 수도 있기 때문이었다.

물론 해당 창고에는 책으로 보이는 물건은 없었지만.

대부분 기록 보관소를 만들 때 사용하고 남은 걸로 보이는 건축 자재였고, 식량과 무기가 약간 보였다.

- Toit (식량).

눈앞에 형광등 같은 얇은 통이 보였다.

내용물로는 희끄무레 죽죽한 반액체가 들어 있었는데, 그 모습이 퍽 식감이 좋아 보이지는 않았다.

'시간이 지나서 상태가 나빠진 건지, 아니면 원래 이런 건지 알 수 없군.'

음식이라기보다는 기름 같았다. 꼭 올텅같은 기계 생명체가 전원 대신 먹으면 딱 어울릴 것 같은 조합이랄까.

민우는 FS들의 식량을 조심스럽게 살펴보다가, 가방에 몇 개 집어넣었다. 챙겨갈 요량인가보다.

"이건 뭐지?"

가벡이 흰색 레고 블록 같은 막대기를 집어 들었다.

음식이라고 적힌 표지판 아래 있으니 당연히 음식이겠지. 하지만 먹었다가는 배탈 정도로 끝나지 않아 보이는 비주얼이 압권이었다.

"식량일지도?"

반 농담으로 던지자, 가벡이 냄새를 맡았다.

와작.

가벡의 톱니 이빨에 블록이 사탕마냥 쉽게 부러졌다.

조용히 씹는 걸 쳐다봤다.

"먹어봐야 죽기밖에 더 하겠나."

"맛있냐?"

질문에 가벡은 음미하듯 천천히 블록을 씹었다.

"짐승 뼈 같다. 맛은 없지만 포만감은 있군."

아마 보관을 위해 맛을 포기하고 오로지 영양소만 우겨넣은 모양이었다. 설마 싶어 먹어보자, 가벡의 말이 딱 맞았다.

개 사료 맛이 났다.

'만 년 이상 방치됐을 텐데?'

시체가 백골이 돼 있는 걸 봤을 때, 공기 중에 부패를 방지

하는 물질이 함유된 것 같지는 않았다.

단순 과학기술만으로 음식을 만 년 이상 보관하다니?

과연 엄청난 기술이 아닐 수 없었다.

감탄하고 있는 지훈과 달리, 민우는 한 입 맛보더니 퉤 하고 바닥에 뱉어버렸다.

"칼로리 바가 10배 더 맛있겠네요."

그렇게 말하면서도 가방에 하나 챙겨 넣는 민우였다.

다음으로는 무기 쪽을 살펴봤다.

– relvad (무기)

무기는 크게 세 종류로 나뉘어져 있었다.

총알 혹은 레이저를 뿜을 것 같은 원거리형 무기와,

딱 봐도 알 수 있는 검과 둔기 같은 근거리 무기,

마지막으로 공구로 보이는 물건들이 있었다.

제일 먼저 원거리형 무기를 살펴봤지만, 이내 그만뒀다.

'도대체 어떻게 사용하는 거야?'

방아쇠만 당기면 되는 인간의 무기와 달리, FS의 원거리 무기에는 방아쇠로 보이는 물건 자체가 없었다.

게다가 위력조차 가늠할 수 없었기에, 괜히 위험을 자처하고 싶지 않았다. 결국 원거리 무기는 포기했다.

다음으로 근거리 무기 쪽을 살펴봤다.

저번 파이로와의 전투에서 C등급 아티펙트를 분실했던 까닭에, 새로운 근거리 무기가 필요하던 참이었다.

'어디 한 번 볼까.'

가장 무난해 보이는 검으로 손을 뻗었다.

길이는 손잡이 포함 70cm 정도로 짧았는데, 아마 부무장 정도로 사용됐던 것 같았다. 그랬을 수밖에 없는 게, FS역시 인간처럼 과학 기술을 바탕으로 성장한 종족이었다.

위험을 자처하며 검을 휘두르지 않아도 기계들이 대부분 일을 처리해 줬을 거다. 굳이 앞에 나설 필요가 없었겠지.

훅!

허공에 휘두르자, 바람이 위험스러운 비명을 질렀다.

'외날 도신에 손목 보호대도 없다. 검을 주고받기 보다는 기습 혹은 일격에 특화된 무기다. 이거 들고 시간 끌어봐야 좋을 게 없겠군.'

그를 증명하듯, 모양 역시 뽑기 좋은 곡선이었다.

'하나 챙겨갈까.'

무게 역시 감량 마법이라도 걸린 듯 매우 가벼웠기에, 가져가기 부담스럽지도 않았다.

벨트에 검을 장착했다.

"흠, 이거는 몇 등급일지 궁금하군."

검을 집은 지훈과 달리, 가벡은 얇은 사다리꼴 모양 몽둥이를 들고 붕붕 휘두르고 있었다.

"한 번 부딪쳐 보던가."

"네 검인데 그래도 되겠나?"

어차피 혹시 모를 사태를 대비해 구입한 물건이었다.

애정 같은 거 있을 리 없었기에 흔쾌히 승낙했다.

"시험해 볼까."

결재 떨어지자마자 가벡이 두 무기를 부딪쳤다.

깡!

그 결과 D등급 아티펙트가 박살났다.

곤봉에 작은 흠짓이 생기기는 했지만, 그게 다였다.

"이거 좋은 물건이군."

생긴 건 그냥 쇳덩어리처럼 생긴 곤봉이었지만, 얼마나 단단한지 C등급 이상 되어 보였다.

'아니 무슨… 창고에 C등급 아티펙트가 널려있어?'

이왕 부러진 김에 검도 한 번 확인해 보기로 했다.

이미 반쪽 난 D등급 아티펙트를 검에 내려쳤다.

깡!

결과는 이번에도 똑같았다.

D등급 아티펙트가 몽당연필 마냥 짧아졌다.

'여왕의 은혜 대용품으로 쓰면 되겠군.'

검이기에 던지는 데에 쓰기는 불가능할 것 같았지만, 참격이 가능하다는 장점도 있었다.

뭐 그래봐야 총기류가 주 무장인 지훈에게 있어 부 무장이라는 사실은 변하지 않겠지만 말이다.

"너는 뭐 챙길 거 없냐?"

모처럼 무기고에 도착했는데, 맨 손으로 갈 순 없었다.

민우는 근거리 전투를 전혀 하지 않지만, 일단 C등급 이상 되는 아티펙트라는 설명에 아무거나 하나 집었다.

30cm 남짓한 손도끼였다.

그나마 방해가 덜 된다는 이유로 선택한 것 같았다.

일행은 추가로 더 가져갈게 있나 잠시 고민했다. C등급 아티펙트가 눈앞에 10개 이상 널려있었으니 그럴 법도 했다.

하지만 섣불리 무기를 챙기는 사람은 없었다.

무게도 무게지만, 부피가 너무 컸기 때문이었다.

"일 처리하고 느긋느긋 챙겨도 된다. 포기해."

그 외에 특별한 건 보이지 않았다.

건축 당시 사용했던 걸로 보이는 건설 기계가 있었지만, 이미 기능 정지된 상태였다.

"이거 온전한 상태잖아요. 아마 전원 스위치만 올리면 바로 작동할 것 같은데요."

"그걸 켜서 뭐해?"

"켤 필요는 없죠. 근데 온전한 상태니까 들고 나가면 떼돈 벌걸요?"

여태 만난 로봇들은 전부 들고 가기 애매한 녀석들이었다.

먼저 공격해 왔기에 작살을 내놓은 터렛과 경비 로봇은 당연했고, 올텅이나 제어실 로봇 같은 경우 함부로 만지면 큰일이 날 것 같았다.

반면 건설 기계는 그저 전원이 꺼져있을 뿐이었다.

"지랄을 해라, 지랄을. 딱 봐도 3M는 되어 보이는데 저걸 어떻게 들고 가."

"켜서 타고 다니면…."

"벌레마냥 밟히지만 않으면 다행이겠다, 이 새끼야."

"그, 그렇죠. 그냥 농담이나 해봤어요."

결국 건설 기계를 포기하고 등을 돌렸다.

군이 들고나가지 않아도, 추후 연구기관에 제보하면 어차피 전부 다 발견 될 거라는 생각에서였다.

4일째 야영은 제 2번 창고 안에서 했다.

오랜 시간 머물렀음에도 경비 로봇이나 함정 같은 게 보이지 않았기에, 일행은 오래간만에 편한 마음으로 쉬었다.

"이봐, 이거 술인데?"

그 와중에 가벡이 포식하겠다고 보관 식량을 이거저거 집어 먹었는데, 그 중 술을 발견했다.

독특하게도 주먹만 한 약병 같은 용기에 담겨 있었는데, 맛이 쓰지도 달지도 않아 오묘했다.

술 같지도 않으면서도, 술 같다고 할까?

취하는지도 모르고 훅 갈 것 같았기에 몇 모금만 마시고 그만뒀다. 반면 가벡은 계속해서 술을 들이부었고, 머지않아 시체마냥 풀썩 쓰러졌다.

말릴까 싶기도 했지만, 다들 정신적으로 지친 상태였기에 내버려 뒀다.

"저런 거 따라하지 마라. 위험한데서 취하면 그냥 죽는 거다. 그러니까 이제 술잔 내려놔라. 적당히 먹었잖아."

민우는 벌겋게 달아오른 얼굴로 술잔을 내려놨다.

"맛있네요."

"원하면 몇 병 챙겨. 애주가들한테 팔면 프리미엄 잔뜩 붙여서 팔 수 있을 거다. 부피도 작으니 챙기기도 용이해 보이네."

발렌티노 18년산, 임펠리카 24년산 따위와는 비교도 할 수 없는 FS 주류 10,000년산 이었다. 돈 좀 있는 애주가라면 천만금을 주고라도 한 모금 마셔보려고 달려들겠지.

귀한 물건이라 생각하니 순간 입에 침이 돌았으나, 이내 떨쳐버렸다.

아무리 금강산도 식후경이라지만, 본디 산에서 술을 과하게 먹으면 실족하기 좋은 법이었다.

✦

편안한 마음으로 셋 다 만족스러운 잠자리를 가졌다.

창고에 식수가 많았던 터라, 다들 대충이나 물로 몸과 머리를 헹궜다.

단지 차가운 물로 몸을 닦았을 뿐인데도, 일행 사이에 훈훈한 분위기가 흘렀다.

남은 시간. 44시간 (약 2일)

'조금은 서두를까.'

유적 진입 5일차.

창고 약 8시간 이상 푹 휴식하고 밖으로 나왔다. 편안한 마음도 잠시. 얼마 이동하지 않아 바로 전투가 벌어졌다.

"앞에 거미형태 하나, 개 형태 하나!"

가벡이 말하자마자 지훈이 바로 거미 형태 기계에게 유탄을 날렸다.

투웅—

콰과광!

마음 같아서는 와장창 쏟아내고 싶었지만, 안타깝게도 M33의 연사속도는 초당 2발이었다.

게다가 후폭풍으로 시야까지 제한된 상태라 탄약 낭비 우려가 있어 함부로 쏘지도 못했다.

"민우, 개 형태가 튀어나오면 바로 갈겨! 어느 정도 폭발은 가벡이 막아줄 거다!"

각성자가 둘이나 있었기에 가능한 무식한 방법이었다.

사실 이 상태라면 후퇴하는 게 옳았지만, 가벡과 지훈 정도의 힘이라면 근접전을 벌여도 상관없었다.

"알겠습니다!"

텅텅텅텅!

말이 끝나자마자 개가 연기를 뚫고 튀어나왔다.

민우는 그걸 확인하자마자 MP5를 연사로 갈겼다.

콰콰콰콰쾅!

겨우 9mm짜리 소형 폭발 마력탄이라지만, 그걸 비슷한 위치에 3~5발 연속으로 맞으면 얘기가 달랐다.

초탄은 살짝 밀어내는 정도에 그쳤지만, 두 번째 발부터는 연약한 장갑을 뜯어내고 회로 위에 직접적인 피해를 입혔다.

결국 개 모양 기계가 바닥에 긴 궤적을 그리며 쓰러졌다.

'끝났나?'

안심하기도 잠시.

티티티티팅!

팅!

가백과 지훈의 외투에 총알이 박혔다.

아마 거미 기계가 아직 제압되지 않은 모양이었다.

다행히 입구에서 쐈던 것만큼 강력한 건 아닌지, 모두 막아 낼 수 있었다.

"쏴!"

아직 시야가 흐렸지만 신경 쓰지 않았다.

M33와 MP5에서 순식간에 유탄과 마력 탄환이 쏟아졌다.

투웅―

타탕!

콰콰쾅!

연이은 폭음과 함께 화끈한 열기가 전해져왔다.

'빌어먹을 기계새끼. 이 정도면 확실하게 끝났겠지.'

예상대로 추가 공격은 없었다.

이후 1시간 정도 더 걷자, 휘황찬란한 복도가 나타났다.

마치 누군가가 오기를 기다렸다는 듯, 복도 벽에는 벽화가 잔뜩 그려져 있었으며, 함정 같은 것도 전혀 보이지 않았다.

FS의 역사를 한 눈에 알 수 있는 그림들을 훑으며 전진했다. 그리고… 유적 진입 102시간 만에 목적지에 도착할 수 있었다.

- panipaik (기록실)

설명에 따르면 도굴꾼을 거르기 위해 함정을 설치했다고 했다. 아마 여기까지 왔다면 더 이상 위험할 건 없으리라.

안전할거라는 확신을 하고 문을 열었다.

쉬이익!

권능의 반지

86화.

위험한 진실과 안전한 무지

권능의 반지

86화. 위험한 진실과 안전한 무지

NEO MODERN FANTASY STORY

기계 문이 열리는 기괴한 소리가 났다.

이 문이 열리기까지 얼마나 오랜 시간이 걸렸을까?

정확하게는 알 수 없었다.

단지 만 년이 넘는 세월동안 단 한 명, '선택받은 자'를 기다리기 위해 무겁디, 무거운 세월의 무게를 견뎌왔을 거라 짐작만 할 수 있었다.

'드디어…!'

고생 끝에 도착했다는 마음에 속이 뻥 뚫리는 기분이었다.

햇빛을 못 봐서 날카로워 졌던 마음도, 전투와 피로에 찌든 육체도 모두 맑게 변하는 것 같았다.

당당한 걸음으로, 만 년 동안 그 누구도 밟지 않은 땅에 발을 들이밀었다. 하지만 그렇다고 오만하거나, 거만한 마음을 먹진 않았다.

단 한 사람을 기다리기 위해 오랜 시간 동안 시간을 짊어져 온 이들이 잠든 장소였음을 알기 때문이었다.

고이 잠든 시간의 망령들에게 짧게 묵념했다.

'내가 너희들이 생각하는 선택받은 자 인지는 모르겠지만, 아니라면 미안하게 됐다.'

선택받은 자.

마치 거대한 숙명을 끌어안은 것 같은 이름이었다.

반면 지훈은, 단지 거래를 끝내고 동료를 구하기 위해 왔을 뿐이었다. 만약 지훈이 선택받은 자가 아니라면?

고대인들의 신성한 성지를 흙발로 어지럽히고, 그들이 만 년 동안 품어온 염원을 강탈한 최악의 도굴꾼이 됐다.

'그래서 어쩌라고.'

관심 없었다.

이미 멸망해 버린 문명보다, 동료가 더 중요했다.

그게 다였다.

"우와, 이게 무슨…."

민우가 말을 잇지 못하고 고개를 들어 앞을 쳐다봤다.

방은 마치 거대한 홀 같은 형태였는데, 중앙에는 거대한 수정이 살아있기라도 한 듯 주기적으로 푸른빛을 뿜어냈다.

아마 만 년 동안 유지되고 있는 전원의 근원인 것 같았다.

기록실은 그 수정을 감싸듯, 원형으로 이루어져 있었다.

"저거 크기가 얼마나 될까요?"

민우가 조심스럽게 원형 난간 끝으로 다가가 밑을 내려다 봤다. 끝이 보이질 않았다. 빛이 닿지 않아서가 아니었다.

깊이를 가늠하려 쫓아 봐도 끝 따위는 보이지 않았다. 마치 수평선이나 지평선마냥, 쭉 이어져 있었다.

뛰어 내리면 바닥에 닿기 전에 탈수로 죽을 것 같은 착각이 들 정도였다.

"물러서, 위험하다."

위험천만한 깊이와 달리 안전장치는 얇은 난간 하나가 다였다. 자칫 잘못해서 떨어질 수도 있었다.

민우를 끄집어 낸 뒤 편안한 발걸음으로 방 안을 걸었다.

얼마나 걸었을까?

어느 정도 거리가 있는 다른 곳과 달리, 딱 한 곳. 수정 쪽으로 돌출 된 공간이 보였다. 그 공간 끝에는 뭉툭하게 튀어 나온 기계가 위치하고 있었다.

기록 접근 단말기라는 것을 직감으로 알 수 있었다.

"저 쪽으로 간다."

1시간 후.

단말기 앞에는 사람 모양을 한 기계가 서있었다.

여타 다른 기계와 달리, 바닥에 붙어있는 일체형이었다.

"혹시 모르니까, 방패 올리고 기다려. 공격할지도 모른다."

여기까지 와서 방심으로 일을 망치고 싶지는 않았다. 방패를 앞세운 가백 뒤에 엄폐해, 조금씩 구체 앞으로 다가갔다.

남은 거리가 약 50M 쯤 됐을 때.

우으으으웅 - !

반지가 진동하기 시작했다. 평소라면 본인만 알 수 있을 정도로 미약했으나, 이번만은 달랐다.

기묘한 공명음까지 내며 거세게 떨리고 있었다.

'이게 무슨…!?'

그와 동시에 죽은 듯 가만히 있던 기계가 눈을 떴다.

마치 눈 대신 사파이어가 박혀있기라도 하듯, 영롱한 푸른색 눈동자였다.

- 미천한 것이 위대하신 그 분의 사자를 뵙습니다.

머릿속으로 목소리가 들려왔다.

여태까지 들었던 기계음과 다른, 사람의 소리였다.

기분이 이상했다.

분명 귀에는 무거운 침묵과 함께 작은 이명밖에 들리질 않았다. 그럼에도 마치 귀로 들은 것 마냥, 모든 내용들이 머릿속에 입력됐다.

- 당신께서 오기까지, 96,231,212 시간 동안 기다리고 있

었습니다.

96,231,212시간. 자그마치 10,985년 이었다.

인류 최초의 문명인 수메르가 탄생하기도 전이었다.

그 말은 곧 인간이 석기시대를 살고 있을 때, FS들은 이미 이 유적을 건설하고 있었다는 얘기가 됐다.

'나를 기다렸다고? 어째서?'

이해할 수 없었다.

단지 아쵸푸므자와의 거래를 위해 들어온 지훈이었다.

그 전까지는 이 유적에 대해서도 몰랐고, 알고 싶지도 않았으며, 알더라도 돈 받고 정보나 팔았을 것이었다.

ㅡ 저희도 정확히 알 수 없습니다. 단지 위대하신 그 분께서 저희에게 언젠가 사자를 보내실 거라고만 말씀하셨습니다.

머리가 복잡했다.

마치 차례로 연결되어 있어야 할 연결고리가, 한 곳에 뭉텅이로 섞여있는 느낌이었다.

'반지와 반응을 하는 걸 보면, 저 위대하신 그 분 이라는 새끼는 아쵸프무자일 가능성이 높다.'

그러고 보면 러시아 하수구에서도, 차원 여행자가 아쵸푸므자를 '위대하신 그 분 '이라 불렀다.

당시에는 강력한 마법사였기에, 그렇게 부를 수도 있었겠다 하고 아무 생각 없이 넘어갔다.

어차피 거래였다.

반지를 쓰는 대가로, 칼콘을 치료해 주는 대가로 잡무를 처리했을 뿐이었다.

단지 빨리 처리하고 일상으로 돌아가고 싶었을 뿐이었다.

하지만 이제는 달랐다.

뭔가 어그러지고 있다는 느낌을 지울 수 없었다.

불안했다.

'그 새끼가 도대체 나한테 뭘 시키고 있는 거지?'

가끔은 악의 없는 행동이 파멸을 부를 때도 있었다.

아무것도 모르는 순수한 아이가 권총의 방아쇠를 당기는 것처럼, 아파트에 사는 고양이가 단순 심심풀이로 화분을 떨어뜨리는 것처럼 말이다.

물론 위의 얘기처럼 사람 몇 죽어나가고 말 얘기라면 그냥 무시할 수 있었다.

버튼을 누르면 10억을 받을 수 있는 대신, 본인이 모르는 이 세상 누군가가 죽는다.

누를까, 말까.

지훈은 고민할 것 없이 버튼을 연타할 사람이었다.

연결고리 없는 몇 명 보다 10억이 더 가치 있었다.

하지만 그 스케일이 커지니까 얘기가 달라졌다.

반지를 쓰는 대가로….

듣도 보도 못한 차원 여행자를 잡아오라고 시켰고,

만 년 전에 멸망한 종족의 기록을 가져오라고 시켰다.

아쵸푸므자는 저 두 물건으로 뭘 하려는 걸까?

나랑 관계없는 사람 몇 죽고 만다면 상관없었다.

하지만 혹시 그게 행성 혹은 차원 단위의 위험이라면?

싸늘했다.

심장이 굳는 것 같았다.

본인의 욕심이 낳은 악의 없는 중립적인 행동이, 어떤 결과를 불러올 지 예측조차 할 수 없었다.

자칫 잘못하면 억 혹은 조 단위의 생명이 사라질 수도 있었다. 아쵸푸므자는 그 만큼 알 수 없는 존재였고, 또한 위험한 존재였다.

'진정하자. 일단은 진실에 가까워지는 게 급선무다. 선택은 나중에 해도 늦지 않아.'

괴상하게 연결되는 사건들 때문에 확대해석을 한 것일 수도 있었다. 아직은 아무것도 알 수 없었다.

그런 상황에서 불안정한 확신을 하는 건 바보짓이었다.

– 내가 어떻게 사자인 걸 알았지?

어떻게 의사를 전할까 고민하자, 마치 몸속에서 뭔가 빠져나가는 것 같은 느낌과 함께 목소리가 울렸다.

일부러 오해하기 쉽게끔 살짝 꼬아서 물어봤다.

본래 묻고 싶었던 내용은 '내가 선택받은 자가 아닐 수도 있을 텐데?' 였지만, 그딴 말 했다가는 무슨 일이 일어날 지 아무것도 알 수 없었다.

– 그 분께서는 사자님께서 본인이 선택받은 자임을 증명하는 징표를 가지고 올 거라고 하셨습니다.

- 저희도 처음엔 그 징표를 몰랐으나, 사자님께서 시스템에 반지를 접촉하셨을 때 저희는 본능적으로 알 수 있었습니다. 당신들께서 우리들의 사자라는 것을.

잘 듣다가 마지막에서 덜컥 걸렸다.

저 기계는 분명 당신 '들 ' 이라고 말했다.

하나가 아닌 여럿이라는 뜻이었다.

'나 말고도 다른 사자가 있었다는 말인가?'

조심히 내용을 곱씹었다.

문득 아쵸푸므자와의 첫 만남이 떠올랐다.

내가 이 반지를 써도 상관없나?

딱히. 권곽도 이미 죽었으니까 상관없어.

서권곽.

반지의 저번 주인이자, 지훈이 파헤쳤던 무덤의 주인이다.

생각이 닿자마자 물었다.

- 나 말고도 몇 명의 사자가 왔었지?

기계는 100년 전에 셋, 50년 전에 하나, 지금 하나. 그리고 5년 후에 하나가 왔었다고 대답했다.

지훈을 제외, 총 다섯 명의 사자가 왔었다는 말이었다.

'잠깐만…?'

왔었다.

왔었다는 보통 과거에 쓰는 말이었다. 하지만 기계는 분명 5년 후에도 사자가 찾아 '왔었다 '라고 얘기했다.

말에 오류가 있었다. 혹시 실수라도 한 걸까?

당연히 그럴 리 없었다. 상대는 기계였다.

– 잠깐. 5년 후에 누군가가 '왔었다'고?

– 예. 찾아오셨었습니다.

– 아직 일어나지도 않았을 텐데? 말이 안 되잖아.

기계는 잠시 침묵했다.

키이이잉 거리는 소음이 들리는 것 같았다.

– 5번째 사자님이셨습니다. 기록되어 있습니다.

지훈이 6번째 사자로써, 지금 단말기와 얘기를 하고 있었다. 근데 '5년 후에 5번째 사자가 왔었다?'

'미래에 있는 사람이 나보다 먼저 도착했다고?'

누가 목을 조르고 있기라도 한 듯, 머리가 아파왔다.

그냥 가도 상관없었지만, 그럴 수 없었다.

혈액 속에 이물질이 들어가 흐르고 있는 것 마냥,

내성 발톱이 발가락을 파고 들어가는 것 마냥,

귀에 벌레가 들어간 것 마냥,

신경쓰이는 게 너무 많아 이상하게 넘길 수 없었다.

– 방문자 기록. 서권곽. 96,245,394 시간 째 방문. 기록을 가져가셨습니다.

– 미래에 왔던 기록이 지금 남아있다고?

– …연산 실패. 사견을 담아 얘기합니다. 인과율 혹은 시간이 어그러졌을 가능성이 있습니다. 그 외에는 짐작할 수 있는 정보가 없습니다.

인과율, 시간.

아쵸푸므자가 말버릇처럼 읊던 단어들이었다.

서권곽.

권능의 반지의 전 주인이었다.

5년 '후'에, 지훈보다 '먼저' 도착한 사자.

시간이 어그러졌다는 증거였다.

그렇지 않다면 지금 이 상황에 설명이 되질 않았다.

– 너는 어떻게 그 사실을 알고 있었지?

– 이 유적은 무한한 시간을 견딜 수 있게끔 설계되어 있습니다. 까닭에 시간의 뒤틀림이나 왜곡에 대해 어느 정도 저항력을 가졌습니다.

대충이나마 지금 상황을 그려보자면….

1 – 지훈 전에 권능의 반지를 썼던 사람이 5명이 있었다.

2 – 5번째 사용자는 서권곽이었다.

3 – 서권곽은 5년 후, 현재에 있는 지훈보다 '먼저' 이 유적에 도착해서 기록을 가져갔다.

'5년을 기다리면 서권곽이 여기에 다시 나타날까?'

그럴 수 없었다.

서권곽은 현재 사망한 상태였다.

두 눈으로 직접 확인했고, 아쵸푸므자도 그렇게 말했다.

'시간 그리고 인과율이 어그러져 있다.'

그렇게밖에 볼 수 없었다.

이해도 할 수 없고, 이유도 몰랐지만 모든 증거가 그 사실을 뒷받침하고 있었다.

'빌어먹을 아쵸푸므자. 아무것도 설명 안 해줄 때 알아봤어야했다.'

처음 계약할 때도 생각하긴 했었다.

달콤한 꿀을 품은 독사과라고.

하지만 이 정도일 줄은 꿈에도 몰랐다.

'도대체 그러면서까지 뭘 하고 싶은 거지?'

알 수 없었다.

아마 알고 싶다면 본인에게 직접 물어봐야겠지.

더 이상 고민해봐야 풀릴 문제가 없었으므로, 지훈은 더 이상 질문을 하지 않았다.

– 기록을 받고 싶다.

– 사자님의 뜻에 따르겠습니다.

우으으응….

반지와 기계가 커다란 공명음을 내뱉었다.

이내 기계의 배가 반으로 갈라졌다. 그 안에는 투명한 관에 담긴 푸른색 구체가 들어있었다.

– 저희는 적응에, 진화에 실패했습니다. 당신들께서는 저희와 같은 실수를 반복하지 말아 주십시오.

실패라니?

뭔가 묻고 싶은 지훈이었지만, 채 묻기 전에 기계가 작동을 멈췄다.

"잠까…."

더 이상 머릿속으로 대화할 수 없었다.

붙잡기 위한 말이 공허로 변해 방안에 울렸다.

"뭐?"

말소리에 가벡이 번쩍 반응했다.

"형님, 어… 손에 뭐 들고 계세요?"

"기록."

"움직이지도 않으셨는데… 언제… 뭐 이제는 사람 눈에 보이지 않을 정도로 이능이 강해졌어요?"

무슨 개소린가 싶어 한 대 쥐어박으려다 멈췄다.

급히 시계를 확인했다.

기계와 얘기한 시간이 어림잡아 1시간은 됐거늘… 단 1분도 흐르지 않은 상태였다.

'이게 바로 시간 왜곡에 대한 저항인가.'

엄청난 기술력에 어이가 없어졌다.

"물건 찾았다. 이제 돌아간다."

가벡과 민우 입장에서는 대치 잠깐 했는데, 모든 일이 끝난 것처럼 보였다. 둘은 어리둥절한 표정을 지었으나, 이내 지훈의 뒤를 따라갔다.

둘 다 뭔가 묻거나 하진 않았다. 단지 조금이라도 더 빨리 밖으로 나가고 싶어하는 것 같았다.

어차피 의뢰가 끝났기에, 조금은 느긋한 마음으로 방 안을 둘러보며 걸었다. 마치 다른 세계에 온 것 마냥 신비한 광경이었다.

기분 환기는 짧았다.

길어 보였던 길도 어느새 끝났고, 눈앞에는 문이 있었다.

"열어."

가벡이 방패로 버튼을 툭 눌러서 문을 열었다.

쉬이이익!

살다 보면 가끔 그럴 때가 있었다.

말로 표현할 수는 없는데, 이상하게 불안한 기분 말이다.

마치 혈관에 피딱지라도 낀 듯 불쾌하고, 손발에는 땀이 잔뜩 나 도망가라는 듯 안절부절 못하는 그런 순간들.

찰나를 바라보는 1초 남짓한 시간이었지만, 지금 느낀 기분이 딱 그랬다.

문이 열리자 보지 못했던 게 하나 있었다.

사람 머리만 한 강철 구체였는데, 중력을 거스르기라도 한 양 공중에 떠 있었다.

'뭐지?'

귀환 장치인가 싶기도 잠시.

웅—

구체에서 붉은 빛이 일행을 횡으로 훑었다.

초속 100M는 될 법한 빠른 속도의 레이저.

함정에서 봤던 절단 레이저였다.

가벡이야 방패로 막고 있었으니 괜찮아 보였고, 지훈은 가속 이능으로 피하면 됐다.

하지만 몸이 노출되어 있던 민우는 피할 수 없다.

맞는다. 몸이 두 동강이 난다.

이대로 내버려 두면….

죽는다.

권능의 반지

87화

타락한 순례자

권능의 반지

87화. 타락한 순례자

NEO MODERN FANTASY STORY

판단이 서자 행동은 빨랐다.

"이런 씨발!"

가속 이능을 발동해, 빠른 속도로 문을 닫았다.

주우앙—

그즈즈즈(B)!

다행히 지훈은 문을 닫은 뒤 피할 수 있었다.

레이저는 허공, 가백의 방패, 문 순으로 긁었다.

아마 조금이라도 늦었다간 민우가 두 동강이 났을 터였다.

"허, 헉!"

민우는 다리가 풀렸는지 그대로 바닥에 주저앉았다.

그 사이 상황 파악이 끝난 가벡이 민우를 질질 끌어 문 옆으로 물러섰다.

"저건 뭐지? 위험해 보인다!"

가벡이 어떻게 하냐는 듯 말했다.

"몰라, 일단 기다려. 기계들은 문 못 여는 것 같았다."

방을 탐색하며 안 사실이었다.

양동 공격을 당해서 방 안으로 숨은 적이 있었는데, 기계들은 문을 열지 못했다. 권한이 없던 것처럼 보였다.

'어차피 프로토콜에 따르는 기계라면, 몇 분 정도 대기하다가 순찰 루트로 돌아갈 게 뻔하다.'

단 한 번 봤음에도, 위험한 녀석 같아 보였다.

여태껏 마주쳤던 기계들은 전부 실탄화기나 육탄전으로 덤벼왔거늘, 유독 저 녀석만 레이저를 썼다.

'강해봐야 피하면 그만이다. 어차피 더 이상 싸워야 할 필요도 없지 않은가.'

이제 남은 건 탈출밖에 없었다.

음식이나 먹으며 기다릴 생각을 할 찰나….

- Kasutades järelevalveasutus. Ava.

(최상위 관리자 권한 사용. 잠금 해제.)

문 밖에서 파멸을 예고하는 섬뜩한 목소리가 들려왔다.

'최상위 관리자!?'

올텅의 말에 의하면 최상위 관리자는 유적 내를 배회하고 있다고 말했다. 어떻게 여기까지 왔는지 이해할 수 없었다.

이해할 틈 따위 없었다.

당장 뭔가 하지 않으면 몰살이었다.

유적 입구에서도 적혀있듯, 기계들은 전부 도굴꾼을 걸러내기 위한 '시험'에 불가한 녀석들이었다.

정작 선택받은 자가 죽어버리면 곤란했기에, 적당히 수준을 낮췄겠지.

실제로도 유적 입구 방어용 터렛은 지훈의 코트를 그대로 관통했지만, 유적 내에 있던 기계들은 관통하지 못했다.

최상위 관리자는 방어용 터렛보다 더 했으면 더했지, 분명 약한 녀석은 절대 아닐 게 분명했다.

"저 새끼 들어온다! 준비해!"

지훈이 몸을 일으키며 M33을 고쳐 잡았다.

지근거리에서 유탄을 발사했다간 셋 다 휘말릴 거리였으나, 안타깝게도 다른 선택지가 없었다.

거리를 벌릴 시간이 부족했기 때문이었다.

"민우, 도망가!"

민우가 군말 없이 일어서서 도망치기 시작했다.

아마 죽음에 대한 감이 좋은 만큼, 녀석도 위험을 직감했으리라.

"들어오면 바로 쏜다, 버텨라 가벡!"

"나는 죽어서도 신들의 전장으로 갈지어다!"

가벡이 기합을 지르며 자세를 고쳐 잡았다.

지훈 역시 그런 가벡의 허리에 왼 손을 둘렀다.

유탄 폭발을 맞아도 신체가 날아가진 않았지만, 몸무게가 가벼워서 튕겨 나가기 때문이었다.

준비를 끝마치자 최상위 관리자가 기록실로 들어왔다.

거리는 약 1M.

세 걸음이면 닿을 지근거리.

절대 빗맞을 리 없었다.

지훈은 정확하게 최상위 관리자를 겨냥한 뒤….

투- 콰앙!

강력한 후폭풍이 가벡과 지훈을 들이받았다.

마치 거대한 해머로 맞은 것 같은 충격!

그나마 붙어있어서 다행이었다.

떨어져 있었으면 둘 다 날아갔을 게 분명했다.

'끝났나?'

터렛은 한 방에 나가 떨어졌었다.

지름 4cm짜리 포탄에 화약을 잔뜩 넣고, 그 폭발이 한 점에 집중되게 만든 대전차 고폭탄이었다.

각성자 이능 및 마력물품을 제외, 개인이 휴대할 수 있는 화기 중 가장 강력한 일격이었다.

박살 날 수밖에 없다.

아니, 꼭 박살나길 기도했다.

- Rohkem vabastab vanem(선임자보다 낫군).

화끈한 연기 사이로 기계음이 들려왔다. 단지 소리만 들었음에도, 온 몸에 털이 곤두서는 느낌이었다.

'미친, 왜 최상위 관리자가 우리를….'

"대화를 하고 싶다!"

전투 중 대화하는 것을 별로 좋아하지 않는 지훈이었다. 해봐야 기습을 위해 찔끔 말을 거는 정도였다.

근데 그것도 이길 법 한 상대한테나 쓰는 거지, 이길 가능성이 없는 상대와는 무조건 대화로 풀어야 했다.

다행히 최상위 관리자가 먼저 말을 꺼냈다.

이는 곧 이쪽에서 받아주면 대화가 통할 거라는 얘기였다.

— Ütle mulle(말해).

"싸우고 싶지 않다, 원하는 걸 말해라!"

기껏 유적을 만들면서까지 만 년이나 기다려온 주제에, 어째서 공격하는 지 이유를 알 수 없었다.

분명 뭔가 원하는 게 있으니 저럴 터였다.

— Sinu elu. Teised kaks lähevad hea(네 목숨. 나머지 둘은 상관없다).

룬어인지라 다행히 민우와 가벡이 듣지 못했다.

다행이었다. 배신 걱정은 적었지만, 혼란의 우려가 있기 때문이었다.

"이럴 거면 왜 기다린 거지?"

이길 수 있다면 바로 유탄을 쐈을 테지만 그러지 않았다. 상대방의 장갑은 굉장히 강력해 보였다.

만약 기습을 했지만 제압하지 못하고, 도리어 이쪽이 터렛이 쐈던 것과 비슷한 탄환을 맞는다면?

방패 – 가백 – 코트 – 지훈 순으로 꿰뚫릴 수도 있었다.

막아야 했다.

"사람 하나 낚으려고 만 년이나 기다리다니, 한심하군!"

설득에 앞서 감정을 끌어내기 위해 비난을 했다.

애초에 평온한 자를 설득하기란 불가능에 가까웠다. 조금 위험하더라도 감정을 끌어내야 했기 때문이었다.

– Ole ettevaatlik, et öelda, mees. Kui te solvata oma rassi see toob vastava valus.

(말을 조심해라, 인간. 내 종족을 모욕한다면 그에 상응하는 고통을 선사하겠다.)

"왜 나를 죽이려고 하지? 나를 기다린 게 아니던가?"

애초부터 노리고 만든 함정일까?

아니었다. 그럴 가능성은 없었다.

기록을 건넨 기계의 언행을 봤을 때, 기록을 위해 이 시설을 만든 건 진심으로 보였다.

그렇다면 왜 최상위 관리자 혼자 저런단 말인가?

알 수 없었다. 그리고 알 필요도 없었다.

단지 지금 이 상황을 타개할 방법을 짜낼 시간이 필요했을 뿐이었다.

– Sa ootasid. Esimene es(기다렸다. 처음에는).

"근데 왜 생각을 바꿨지!?"

– Seda seetõttu, et kõik, mis punase lits. Ilma nende

aastate jooksul olen Kui ma saaks murda ahelad põhjuslikkus. Me võime vabaneda sel aastal leida tööd ise tuli võistelda.

(이 모든 게 그 붉은 계집 때문이라는 생각이 들었다. 내가 인과율의 사슬을 깰 수만 있다면. 우리 종족에게 그 년이 찾아왔던 일 자체를 없앨 수 있을 거라고 말이다.)

붉은 계집? 아쵸푸므자를 말하는 걸까?

확신할 수는 없었지만, 대충 맞을 것 같았다.

- Ja sa võid murda rooli saatus, mis on Õige. Poeg Red gejip! Otsustades beorindamyeon ma tapan teid kõiki, ei ole see lits jääb kasutu…!

(그리고 그 운명의 수레바퀴를 깰 수 있는 게 바로 너희들이다. 그 붉은 계집의 손발! 내가 너희를 모조리 죽여 버린다면, 그 계집이 이 유적이 쓸모없다고 판단한다면…!)

대화하는 사이 민우가 슬금슬금 가까이 다가왔다.

겁에 질린 듯 온몸을 떨고 있었다.

[저, 저게 뭡니까?]

[EMP 수류탄 챙겨.]

비통하게 말하는 최상위 관리자의 말을 한 귀로 듣고 한 귀로 흘리며, 민우에게 언질했다.

[지, 지금 까요?]

[기다려. 신호하면 까라.]

패턴으로 봤을 때 초속 100m 짜리 레이저로 주변을 스캔한 뒤, 반사할만한 물체가 없을 시 그대로 긁어버리는 것 같았다.

스캔부터 발사까지 2초 밖에 걸리질 않았다.

던져봐야 분명 요격될 게 분명했다.

– See lits kindlasti anname tagasi minevikku. See annab tasuta alates needus eokgeop!

(그 계집은 분명히 과거로 돌아가 우리를 놓아 줄 것이다. 이 억겁의 저주에서 해방시켜 줄 것이다!)

조금 더 감정적인 상태로 몰아가야 했다.

기계에게 이러는 게 과연 효과가 있을지는 미지수였지만, 지금은 지푸라기라도 붙잡지 않으면 죽을 상황이었다.

[준비!]

민우에게 수신호를 주며 외쳤다.

"개소리! 아쵸푸므자가 어떻게 시간을 되돌린단 말인가!"

[던져!]

말이 거의 끝나갈 때 쯤.

곧 녀석이 말을 시작할 때 쯤에 맞춰, 신호를 줬다.

'제발, 제발… 효과가 있어라!'

– Guy lõvi teema, see ka valinud saa aru! Die surevad niikuinii, ma ütlen kõigile.

(녀석의 사자 주제에, 그것도 모른단 말인가! 어차피 죽을 목숨, 전부 알려주마.)

녀석이 하는 말 따위 듣고 있을 정신이 없었다.

단지 민우가 던진 EMP 수류탄이 최상위 관리자에게 날아가는 것을 지켜봤을 뿐이었다.

휘릭, 휘릭, 휘릭.

EMP 수류탄은 공중에서 몇 바퀴 돌더니, 최상위 관리자 바로 앞까지 도달했다.

- Poisid on ōigus… Kurat! Rat värdjas! (녀석은 바로… 이런 젠장!)

최상위 관리자가 EMP를 발견했지만, 이미 늦었다.

감정적으로 흔들어 놨기에 가능한 결과였다.

퐁-

콰라라라라라!

EMP 수류탄이 뚜껑이 작게 열리는가 싶더니, 눈에 보일만큼 강력한 전자기 폭풍이 휘몰아쳤다.

유효했던 걸까?

깡.

공중에 떠있던 최상위 관리자가 바닥에 떨어졌다.

가백과 민우는 그 모습을 보며 어떻게 해야 할지 몰라 멍하니 서있기만 했다.

"뭐해, 새끼들아. 도망쳐!"

고함을 지르자, 그제야 둘 다 몸을 움직였다.

지훈은 둘이 도망가는 것을 확인하고는, 그대로….

까- 아- 앙!

바닥에 떨어진 최상위 관리자를 공 차듯 차버렸다.

"나 바쁘니까, 꺼져 이 새끼야!"

제 아무리 과학 기술의 정점에 있는 녀석들이라 할지라도, 부피와 질량을 무시할 수는 없었다.

폭발을 상쇄하는 것도 전원이 켜져 있어야 할 수 있었다. 전원이 나간다면, 그저 무거운 쇳덩어리에 불가했다.

그걸 증명하기로 하듯 최상위 관리자는 저 멀리 날아가 난간 아래로 떨어졌다.

'끝났나?'

맨틀까지 뚫고 들어간 것 같은 깊이였지만, 왠지 모르게 안심이 되질 않았다.

짙은 불안감이 마치 끈끈이처럼 계속 눌어붙었다.

"지금부터 총알, 장비 그딴 거 아끼지 말고 쏟아 부어. 눈앞에 보이는 건 죄다 때려 부수고 탈출한다!"

최상위 관리자랑 정면으로 붙어서는 절대 이길 수 없었다. 요는 어떻게 조금이라도 시간을 줄이는가였다.

'왔던 길은 대충 정리가 되어있다. 달리기만 한다면 금방 도착할 수 있어.'

이제 경계하며 움직일 필요가 없었다.

함정은 이미 다 해제해 놨고, 기계도 전부 부숴 놨다.

'어떻게든 아쵸푸므자와 만나야 한다!'

여태까지 겪었던 대로라면, 아쵸푸므자는 분명 입구에 있을 터였다.

"가자!"

타타타탓!

멈칫.

한 시가 급했거늘, 가벡이 기록실 입구에서 멈춰 짐을 뒤졌다. 뭔가 찾고 있는 것 같았다.

"뭐해 새끼야!"

"길을 막아야 한다."

"씨발, 시간 없다고!"

"버리고 가라."

"이 개새끼가 진짜!"

버리고 가봐야, 레이저를 막을 수 있는 방패를 포기하기엔 너무 위험했다. C등급 코트로 어찌 막을 수 있을지는 모르겠지만, 목숨 걸고 도박 하고 싶지는 않았다.

100kg이 넘는 거구를 질질 끌고 갈 수도 없는 노릇.

기다릴 수밖에 없었다.

결국 가벡은 3분이나 써가며 C4를 기록실 문 앞 천장에 붙였다. 그리고는….

콰쾅!

거대한 폭발과 함께 짙은 연기가 뿜어져 나왔다.

시야 확보가 되지 않았기에 무너졌는지는 알 수 없었다.

단지 아직까지 불안함이 떨어져 나가지 않았다는 것만 되새김질 할 수 있을 뿐이었다.

"이제 가지."

가벡이 등을 돌리자마자, 셋은 합을 맞추기라도 한 것 마냥 복도로 달려 나갔다.

권능의
반지

88화
영웅 짓 할 거면 번지수 잘못 짚었어, 새끼야

권능의 반지

88화. 영웅 짓 할 거면 번지수 잘못 짚었어, 새끼야

NEO MODERN FANTASY STORY

자유낙하.

최상위 관리자는 중력에 모든 걸 맡기고 떨어졌다.

분명 떨어지고 있음에도, 바닥에 닿으면 온 장갑이 산산이 부질 게 분명했음에도, 이상하게 편안한 기분이 들었다.

마치 꿈을 꾸는 기분이었다.

기계가 꿈이라니?

최상위 관리자는 웃기지도 않다고 생각했다. 분명 뭔가에 맞은 것 같았는데 기억이 나질 않았다.

논리 회로와 연산 회로가 반 쯤 타버린 것 같았다.

'회로 재구성. 복원 시점 AW(After Waiting) 96,245,390 시간. 전력 소모를 위해 모든 기능 전전 상태 돌입.'

최상위 관리자는 남은 시간을 계산해 봤다.

정확히 1.59시간 이었다.

✛

모든 기능이 정지된 무의식 속.

아니 정확하게는 기계 덩이에 들어있는 유약한 영혼 속으로, 기억의 편린들이 스쳐 지나갔다.

언제부터 그랬는지 정확한 시점은 몰랐다.

약 43,800,000시간. 인간의 시간으로 5000년 쯤 기다렸을 때부터 그랬던 것 같았다. 기계로 이식하는 과정에서 거세됐을 정신이 되살아났다.

생각하지 못한 치명적인 오류였다.

고치려고 했지만 불가능했다. 동족이 단 한 명도 남지 않는 상황이었다. 최상위 관리자는 오로지 기록 보관실 관리와 기다림, 그리고 '전달'에만 특화 된 존재였다.

예상 범위를 크게 벗어난 오류에 대응할 수 없었다.

그래서 그냥 기다렸다.

미칠듯한 외로움 속에서, 그냥 기다렸다.

그렇게 5000년이 지났다.

첫 사도가 도착했다.

물고기마냥 온 몸에 비늘이 가득한 종족이었다.

미칠 듯이 기뻤다.

본연의 임무인 '전달'을 마친 뒤 최상위 관리자는 모든 전력을 차단한 뒤 달콤한 죽음을 기다렸다.

전력이 서서히 떨어져 머지 않아 다시는 일어날 수 없음을 알자 온 몸이 쾌락으로 몸부림쳤다.

죽을 수 있다는 사실에 감사하며 눈을 감았다.

하지만 다시 깨어났다.

분명 제 손으로 차단했을 전력은 다시 켜져 있었고, 전달했을 기록 또한 그대로였다. 믿을 수 없었다.

분명 제 손으로 직접 기록을 건네줬다.

'꿈?'

그럴 리 없었다. 육체가 없는 몸이었다. 뇌가 기억을 정리하는 과정에서 발생하는 꿈을 꿀 리가 없었다.

잘못 된 것을 바로잡기 위해 할 수 있는 모든 조취를 취했지만, 바꿀 수 있는 건 없었다.

그렇게 다시 5000년이 지났다.

두 번째 사도가 도착했다.

첫 번째 사도와는 다른 모습이었다.

첫 번째 사도가 어류 같은 모습이었다면, 두 번째 사도는 파충류 같아 보였다.

뭔가 어그러졌음을 느꼈지만 상관하지 않았다.

본인의 임무는 그저 기록을 '전달'하는 것뿐이었다.

같은 오류가 반복될 거라고는 생각하지 않았다.

아무리 생각해도 발생할 수 없는 오류였다.

천운이 맞아 떨어져 생긴 불가항력이라 생각했다.

다시 한 번 임무를 마친 최상위 관리자는 이번에도 모든 전력을 차단한 뒤 달콤한 죽음을 기다렸다.

혹시나 전력이 켜져있던 게 아닐까 싶어 몇 번이나 다시 점검했다.

'이번에야 말로 죽을 수 있을것이다.'

제발 그럴 수 있기를 기도하며 눈을 감았다.

하지만

죽지 못했다.

다시 눈을 떴다.

시간을 확인했다. AW43,800,000시간.

절망했다.

할 수 있는 건 아무것도 없었다.

결국 다시 한 번 5000년을 기다렸다.

세 번째 사도가 찾아왔다.

이번에는 기계 종족이었다.

비슷한 종을 찾았기 때문일까?

세 번째 사도와 많은 대화를 나눴다.

그리고 깨달았다.

아쵸프무자가 여태껏 무슨 짓을 했는지.

왜 전원이 꺼져 있음에도 다시 일어났는지.

어째서 자신이 15,000년 동안 기다렸어야 했는지.

처음엔 어째서 이 기록실이 시간 왜곡에 저항할 수 있게끔 만들어 진 건지 알 수 없었지만, 그제야 알 수 있었다.

결국 모든 게 의도된 거였다.

아쵸프무자가 일부러 이렇게 되게끔 만든 거였다.

분노했다.

원통했다.

이 무한한 기다림 끝에 얻은 거라곤, 공허와 외로움 그리고 좌절밖에 없었다.

최상위 관리자는 생각했다.

아쵸푸므자가 정확히 무슨 짓을 꾸미고 있는지는 모르겠지만… 만약 이 시설이 필요해지지 않는다면?

사도가 이 장소로 오지 않게 된다면?

사도가 이 장소에서 모조리 죽는다면?

그로써 계획을 방해할 수 있다면?

분명 아쵸푸므자 본인이 직접 나설 거였다.

최상위 관리자가 죽든, 이 유적을 만들었던 사건 자체가 없어지든 상관없었다.

단지 이 끝없는 고통이 끝나기만을 기도했다.

쉬고 싶었다.

그래서 마음먹었다.

사도를 죽이기로.

세 번째 사도를 기습했다.

매우 강력한 상대였지만, 유적 속에서는 무한히 재생할 수 있었던 터라 이길 수 있었다.

이후 전원을 파괴하고 눈을 감았다.

'제발… 제발… 제발… 제발… 제발… 제발… 날 죽이러 와 주소서, 위대하신 그 분이여.'

하지만 죽을 수 없었다.

다시 눈을 떴다. 그 어느 때보다 크게 절망했다.

'와 저를 죽이지 않으시나이까. 어째서 영혼이 썩고, 마음이 병든 저를 내버려 두시나이까!'

아무리 불러도 아쵸푸므자는 나타지 않았다.

또 5000년을 기다렸다.

네 번째 사도가 찾아왔다.

영장류 암컷으로 보였다. 상관없었다.

보자마자 설명도 해주지 않고 죽였다.

다시 눈을 떴다.

다시 5000년을 기다렸다.

다섯 번째 사도가 찾아왔다.

죽이려고 했지만 실패했다.

그 녀석은 강력했다.

다시 눈을 떴다.

다시 5000년을 기다렸다.

이미 정신은 파괴됐고, 영혼은 부폐했다.

기나 긴 기다림 속에 남은 감정은 분노밖에 없었다.

– 부디 위대하신 그 분과, 그분의 사도님께 저희들의 기록을 넘겨주십시오. 후발 주자는 저희처럼 실패하게 내버려 둬

선 안 됩니다. 더 이상 우리 같은 희생자가 생기지 않게 해주십시오. 당신은… 순례자로써 영원히 기억될 것입니다.

처음엔 무한한 영광이었던 '순례자' 라는 이름.

하지만 이제 그 영광은 땅에 떨어졌고, 무한한 기다림 속에 모조리 썩어버렸다.

그렇게 최상위 관리자는 타락한 순례자가 됐다.

[재가동 완료. 논리 회로와 연산 회로 복구.]

최상위 관리자가 정신을 차렸다.

⊹

그 시각.

일행은 빠른 걸음으로 입구를 향해 이동하고 있었다.

"허억, 헉… 헉…."

말이 금방이지 4일이나 걸려서 도착한 기록실이었다.

걸어가도 하루는 꼬박 걸렸고, 달려도 반나절은 가야했다.

"후… 민우, 괜찮냐?"

심호흡을 하며 묻자, 민우가 죽을 것 같은 표정을 지었다.

평소 같은 밉상 가득한 얼굴이 아니었다. 정말 금방이라도 쓰러져 다시는 일어나지 못할 것 같은 표정이었다.

"허억, 허억…."

말조차 버거운지 민우는 고개만 좌우로 저었다. 호흡 관성이 깨졌다간 그대로 질식 할 것 같아 보였다.

　'쉬었다 가야하나?'

　지훈은 아직 더 이동할 수 있었지만, 민우와 가벡이 문제였다. 민우는 일반인이고 가벡은 20kg이 넘는 쇳덩이를 짊어지고 이동했다.

　체력 소모가 지훈과 같을 리 없었다.

　이대로 가다간 모두 지쳐 쓰러질 수도 있었다.

　결국 잠시 멈췄다 가기로 마음먹었다.

　"멈춰. 5분만 쉰다."

　다들 대답도 없이 그 자리에 쓰러지듯 주저앉았다.

　셋 다 아무 말도 하지 않았다. 그저 조용히 숨만 골랐고, 건조한 화분처럼 물만 빨아들였다.

　삐비빅, 삐비빅, 삐비빅!

　약속했던 5분이 지나자 시계에서 알람이 울렸다.

　"조금만… 더 쉬면 안 돼요?"

　민우가 말했다. 이미 작살날 대로 작살이 난 무릎을 질질 끌며 1시간 반이나 걸었다.

　쉬이 대답할 수 없었다.

　'만약 최상위 관리자가 쫓아오고 있으면 어떡하지?'

　말할 것도 없었다.

　잡히면 죽는다.

　하지만 만약 EMP 수류탄을 맞고 그대로 박살났다면?

C4로 천장이 무너졌고, 문이 막혀 기록실에 갇혔다면?

괜히 겁에 질려 도망가고 있는 꼴이 됐다.

이대로 계속 채찍질을 했다간, 민우가 다시는 달릴 수 없을 수도 있었다.

사람의 몸은 의외로 약해서, 한 번이라도 제대로 작살이 나면 재생하지 못하는 게 부지기수였다.

민우는 나머지 둘과 달랐다. 전투 종족도 아니었고, 각성도 하지 못했으며, 이능도 없었다.

말 그대로 일반인이었다. 초인이 아니었다.

'빌어먹을….'

동료를 치료해 주기 위해 온 유적이다. 그 과정에서 다른 동료가 부서지게 내버려 둘 수는 없었다.

"5분만 더 쉬자. 경계는 내가 하지."

"고맙습니다… 죄송합니다…."

민우가 고개를 푹 숙이고 이를 꽉 깨물었다.

짐이 될 수밖에 없는 자신을 원망하는 것 같았다.

"죄송할 거 없어. 너 잘못한 거 하나도 없다. 저 새끼가 말도 안 되게 센 걸 어쩌라고. 잘못이 있으면 우리 셋 다 약한 게 잘못이다. 네 잘못 아니니까 고개 들어."

민우는 잠시 지훈을 보는가 싶더니, 다시 고개를 숙였다.

뚝, 뚜둑, 뚝.

그런 민우가 말 없이 조용히 눈물만 토해냈다.

지훈은 그 모습을 3초 정도 지켜보다 눈을 돌렸다.

"이제 다시 출발하지."

다들 몸을 일으켰다. 민우는 일어나는 것조차 버거운지, 일어나며 얼굴을 잔뜩 찌푸렸다.

"괜찮아?"

"네… 걸을 수 있어요."

위태위태한 모습이 꼭 갓 태어난 망아지 같았다.

결국 민우는 몇 걸음 걷지 못하고 휘청거렸다.

휙!

쓰러지려는 걸 붙잡았다.

"괜찮긴 뭐가 괜찮아, 이 새끼야."

"잠깐 어지러워서 그랬어요. 정말 괜찮아요."

10분이나 쉬었는데도 어지럽다면 그건 내장 중 문제가 생겼다는 얘기였다. 아마 그랬다면 앉아서 쉬지도 못하고 끙끙대며 누워 있었으리라.

한 마디로 거짓말이란 얘기였다.

"좆까. 너 지금 가방 안에 뭐 들어있어."

현재 일행은 유적 탐사를 위해 각자 하나씩 짐을 들고 있는 상태였다.

가벡은 송배근이 잔뜩 발달한 종족 특성으로 인해, 무거운 짐을 잔뜩 들고 있었다. 아마 가방 안에 40mm 유탄이 가득 들어있을 터였다.

지훈은 여차할 때 가속 이능을 쓰고 튀어나가야 했기에 가벼운 백팩에 침낭 하나와 유탄 몇 개만 넣어뒀다.

남은 물건은 음식과 식수였다. 그나마도 거의 다 먹었다.

"MRE 2봉이랑, 물 2L, 그리고 창고에서 챙긴 식량들 들어 있어요…."

필수품들이었다. 아무리 급하다고 해도 버릴 수 없었다.

이 유적에서 나간다고 한들 자살숲에서 2일 동안 체류해야 했다. 밥일 굶으며 갈 수는 없었다.

"내놔."

"예?"

"가방 내놓으라고."

민우의 가방에서 식료품을 빼서 나머지 둘 가방에 나눠 넣었다. 유탄을 잔뜩 썼다고 해도 자리가 부족했기에, 침낭 2개를 버렸다.

툭.

빈 가방이 힘없이 떨어졌다.

"MP5에 총알 몇 발 남았냐."

"19발요…."

"그것도 내놔."

민우는 총을 꼭 붙잡고 거절했다.

짐이 되기 싫다는 의사 표현이었다.

"겨우 총 하나에요."

"족히 3kg 나가는 쇳덩이다. 그냥 닥치고 내놔."

끈질기게 거절하는 민우였지만, 억지로 뺏었다.

"잘 들어 새끼야. 여기서 더 이상 느려지면 버리고 가야 될 수도 있어. 그러니까 최대한 가볍게 만들라고!"

"네…."

결국 민우에게는 EMP 수류탄 하나만 남겨 놨다.

방탄복도 벗길까 싶었지만, 너무 위험할 것 같아 그만뒀다.

"다시 출발하자. 갈 길 멀다."

그렇게 일행을 다독이고 출발하려는 순간….

드드드….

콰- 앙.

작은 진동에 섞여 폭발음이 들려왔다.

정신을 집중하지 않으면 못 들을 정도로 작은 소리였음에도, 듣자마자 온 몸의 털이 곤두섰다.

"…이봐, 들었나?"

가벡이 숨을 몰아쉬며 물었다.

당연히 들었다. 대답할 필요도 없었다.

"달려 씨발!"

일행이 다시 달리기 시작했다.

그렇게 5분 정도 달렸을까?

휘청- 퍽!

"아아악!"

민우가 비명을 지르며 넘어졌다.

너무 무리한 까닭에 무릎 연골이 작살이 난 거였다.

"괜찮아!?"

급히 다가가 물었지만, 민우는 비명만 질렀다.

"…형님, 저는 여기까진 것 같아요."

"무슨 개소리야, 미친 새끼야!"

"가벡, C4 줘. 나를 미끼로 최상위 관리자를 유인한 뒤 터트리면, 어느 정도 시간을 벌 수 있을 거야."

가벡은 아무 말 없이 가방을 뒤적거렸다.

C4를 찾고 있는 것 같았다.

"집어 치워, 네가 미끼를 왜 해, 새끼야!"

"형님이 그러셨잖아요… 버리고 가야 할 수도 있다고요. 버리세요, 저 사실 짐만 되잖아요. 셋 다 죽을 바에는 하나만 죽자고요. 네?"

민우는 그렇게 말하면서도 손을 덜덜 떨고 있었다.

아마 무섭겠지. 죽고 싶지 않겠지.

이대로 가다간 자기 때문에 셋 다 죽을 걸 알았기에, 어쩔 수 없이 그런 선택을 했으리라.

짝!

하지만 그딴 거 상관없었다.

따귀를 맞은 민우의 고개가 획 돌아갔다.

"아…?"

"좆까, 시발 놈아. 똥하고 된장하고 구분 못하냐? 네가 무슨 생각 하는지는 알겠다만, 그딴 짓 할 거면 내가한다. 왜 능력도 안 돼 면서 나대냐."

"하지만 저는 다리가…."

획!

지훈이 민우를 그대로 들쳐 업었다.

"다리가 작살났냐? 씨발, 내가 하나 달아주마. 그러니까 이제 닥치고 M33 들어. 앞에 뭐 보이면 그냥 갈겨라."

질문이 아니었다.

양해도 아니었다.

명령이었다.

"영웅 노릇 하고 싶었다면 번지수 잘못 짚었어, 개새끼야. 나나 너나, 우리 팀에 있는 새끼들은 전부 병신, 쓰레기 같은 놈들인데 뭔 영웅 짓이야. 네 살 궁리나 해 병신아!"

그 말을 마지막으로 앞으로 달렸다.

지훈이 앞으로 튀어나가자, 가벡도 꺼냈던 C4를 허리춤에 끼운 채로 앞으로 달렸다.

권능의 반지

89화.
술래잡기

권능의 반지

89화. 술래잡기

NEO MODERN FANTASY STORY

우으으으응 –

최상위 관리자는 빠르게 앞으로 날아가며 코드를 입력했다.

[프로토콜 변경. 침입자 발견. 대기상태 해제. 배제하라.]

기본적으로 기록 보관실은 선택 받은 자의 방문을 위해 모든 기계가 지정된 공간만 순찰하는 중이었다.

최상위 관리자는 그 대기 상태를 방어로 바꿔버렸다.

[공격로 변경. 고유 번호 30번부터 50번 까지는 모든 대상

을 무시하고 승강기로 이동 후 대기. 그 외 모든 기기는 생체 반응이 느껴지는 곳으로 이동.]

유적 밖으로 나가려면 무조건 승강기를 이용해야 했다.

최상위 관리자는 그 점을 생각하고, 유일한 입구이자 출구인 승강기에 많은 기계를 배치했다.

⊕

타타타탓!

일행이 복도를 질주했다.

아무리 무거운 짐을 짊어지고, 페이스 조절하며 달린다고 해도 둘 다 각성자였다.

일반인 기준 전력질주라도 봐도 옳을 정도의 속도였다.

"앞에 거미 2마리!"

"쏠게요!"

지훈 위에 매달려 있던 민우가 M33을 쐈다.

투웅-

콰쾅!

커다란 폭발과 함께 시야가 앞을 가렸지만, 멈출 여유 따위 없었다.

"달려! 살아 있으면 그냥 방패로 들이 받아!"

위잉-

초록색 레이저가 연기를 뚫고 일행을 훑었다.

이후….

타타타타탕!

티티티팅!

총알이 쏟아져 나왔지만, 모두 가벡의 방패에 막혀버렸다.

적이 살아있다는 뜻이었기에 멈칫거릴 법도 했지만, 가벡은 용맹하게 달렸다.

"전장! 전장! 전장! 신들이 나와 함께하신다!"

그 모습이 꼭 전투에 미친 광신도 같아 보였다.

앞장서던 가벡이 먼저 연기 안으로 들어갔다.

쿵! 깡!

시야가 가려져 무슨 일이 있는지는 몰랐다.

소리로 보건데 아마 한 놈은 방패로 들이 받고, 나머지 하나는 둔기로 후려 친 것 같았다.

"하나 남았다!"

유탄이 명중하지 않고 땅에 박힌 모양이었다. 비포장도로 달리는 것 마냥 흔들렸으니 어쩔 수 없었겠지.

가벡이 멈추지 않고 연기 밖으로 이탈했다.

기계에게 등이 드러났으니 공격 받으면 당장 죽을 위기였지만, 그는 단 한 번도 뒤를 돌아보지 않았다.

왜냐하면 바로 뒤에 믿음직한 동료가 있기 때문이었다.

'저건가!'

"꽉 붙잡고 버텨!"

민우에게 경고한 뒤 연기 속으로 들어갔다.

연기 사이로 벽에 붙어 있는 기계의 실루엣이 보였다.

"으랴!"

들고 있던 아티펙트를 휘둘렀다. 식별 당시 D등급 단검이 박살났으니, 분명 C등급 이상이라는 얘기였다.

훅!

바람이 비명 지르는 소리와 함께 검이 횡으로 날았다.

각성자의 힘에 돌진까지 더한 일격이었다.

쑥!

기계였기에 반만 들어가도 다행이라고 생각했거늘, 생각 외로 아주 말끔하게 잘려나갔다.

'C등급 아니었나? 도대체 이게 뭔…'

깜짝 놀랐지만 발음 멈추지 않았다.

최상위 관리자의 이동 속도에 상관없이, 최대한 빨리 이탈해야만 했다.

"유탄 몇 발 남았어!"

"네 발요!"

"가방 안에 유탄 있다. 장전해! 몇 개 놓쳐도 되니까, 최대한 빨리 해라!"

민우가 유탄을 장전하는 소리가 들리다 갑자기 멈췄다.

"혀, 형님. 뒤… 뒤에 개 모양 기계 쫓아와요!"

퉁! 투퉁! 퉁! 투퉁!

'이런 씨발… 뒤에서도! 혹시 기계들 상태가 바뀐 건가?'

이상했다. 기록실에 들어가기 전 까지만 해도, 기계들은 수동적으로 순찰만 하는 것처럼 보였다.

피하기 위해서 도망가면 쫓아오지도 않았고, 방 안에 들어가도 기다리지 않았다.

'생각해 보면 그랬다. 어차피 음식이 필요하지 않으니 시간 끌어봐야 무조건 유리한데 일부러 자리를 비켜줬다.'

반면 지금은 달랐다.

멀리서 아주 자그맣게만 보여도, 모든 기계들이 득달처럼 달려들었다.

'잠시라도 멈추면 금방 다른 녀석이 들러붙을 거다. 더 속도를 올려야 돼!'

이동 속도로 치면 개 모양 기계 쪽이 이쪽보다 훨씬 빨랐다. 무조건 처리해야 했다.

"쏘지 마, 내가 처리한다!"

들고 있던 검을 하늘 위로 던진 뒤, 가속 이능을 발동했다.

이후 몸을 돌리며 매고 있던 MP5를 잡은 뒤, 회전하는 상태 그대로….

타타탕!

그대로 방아쇠를 당겼다.

서커스에서나 나올 법한 트릭 샷!

집중 이능까지 겹쳐 사용했다면 정밀 사격이 가능했지만, 그딴 짓 했다가는 몸이 작살이 나기 때문에 어쩔 수 없었다.

콰, 콰, 쾅!

복도 벽, 바닥, 개 기계 순으로 폭발.

명중이었다!

기계는 폭발을 이기지 못하고 그대로 바닥에 고꾸라졌다. 다리에 맞았으니 더 이상 추격이 불가능해 보였다.

'이능 해제.'

가벼운 가슴 통증과 함께 다시 몸을 돌렸다.

하늘에 던졌던 검을 다시 붙잡고는, 앞으로 달렸다.

타타타탓!

앞으로 몇 번이나 저런 걸 할 수 있을지 가늠도 할 수 없었다. 몸이 망가지는 게 실시간으로 느껴졌지만, 꾹 참았다.

'이능 부작용으로 죽으나, 여기서 기계들한테 죽으나 똑같다. 어차피 이능 부작용 따위 재생하면 그만이다.'

가벡과 거리가 벌어진 것 같았다.

다시 한 번 가속 이능을 발동했다.

　　　　　　　　　　✧

적은 총 셋.

거미 모양이 2개, 사람 모양이 하나.

"으아아아! 발쿠할! 발쿠할! 발쿠할!"

가벡은 신들의 전장을 뜻하는 말을 외치며 돌진했다.

주웅―

인간형 기계 머리에서 붉은색 레이저가 튀어나왔다. 십자 모양으로 슥 훑는 게, 제대로 요격할 생각 같아 보였다.

아마 양산형 레이저라 최상위 관리자 것 보다는 약할 테지만, 그래도 위협적이기는 똑같았다.

"크아아! 쌍! 레이저! 엎드려!"

가벡이야 방패로 막으면 됐지만, 뒤에 떨어져 있던 둘은 무조건 맞아야 했다.

'젠장!'

어쩔 수 없이 달리던 그대로 슬라이딩 하듯 죽 미끄러졌다.

그 과정에서 민우가 바닥에 쓸려 고통을 내뿜었다.

"갈겨!"

살짝 못미더웠으나, 민우는 명령대로 유탄을 발사했다.

투웅―

가벡에게 맞을까 싶은 염려와 달리, 제대로 날아가 기계들이 서있는 천장을 때렸다.

콰콰쾅!

직격하지 않았으니 직접적인 피해는 없었지만 기계들의 전열을 망가뜨리기엔 충분했다.

충격으로 인해 벽 같은 방어에 틈이 생겼고, 가벡은 바로 그 틈으로 끼어들어갔다.

"피가 끓는구나!"

깡! 깡!

저번과 같은 공격이었다.

방패로 들이받고, 둔기를 휘둘렀다.

기계 두 기가 쓰러졌다.

"미친 새끼야. 싸울 때는 좀 닥쳐!"

어느새 다가온 걸까?

지훈이 엄청난 속도로 검을 휘둘렀다.

가백이 맞지 않게끔 세로로 벤 일격이었다.

훅 소리와 함께 거미 몸통에 검이 틀어박혔다.

일도양단했던 저번과는 사뭇 다른 결과였다.

'저번 일격은 돌격이 있어서 그랬던 건가.'

기본적으로 강도와 탄도가 충분하니 날이 나가거나 도신이 구부러질 것 같지는 않았다.

아마 힘이 부족했거나, 기술이 부족했거나 둘 중 하나리라.

하지만 반이라고 해도 상관없다. 박살내기엔 충분했다.

중앙 회로가 반으로 잘린 거미가 풀썩 쓰러졌다.

"허억… 헉…."

기계들을 다 처리한 뒤 이능을 해제했다.

심장이 금방이라도 터져버릴 듯 두근거렸다.

"괜찮나? 네가 나보다 먼저 발쿠할으로 갈 것 같다."

"허억… 닥쳐… 헉… 어디 재수 없는 소리를 하고 있어."

전투가 끝났기에 다시 민우를 짊어졌다.

"얼마나 남았어요?"

"이제 저 코너만 돌아서 쭉 직진하면 된다."

녀석을 들어올리고, 몸을 돌리려는 찰나….

주우우웅 –

저 멀리서 뭔가 굵은 붉은색 빛이 일렁였다.

복도를 세로로 슥 훑었다.

'아…?'

인식보다 본능이 빨랐다.

벽으로 당장 달라붙으며 가벡을 강하게 밀쳤다.

퍽!

쿵!

"뭐하…."

그리고 그 순간.

그ㅈㅈㅈㅈㅈㅈㅈㅈ증!

인간형 기계가 쐈던 것보다 3배는 두꺼워 보이는 레이저가 복도를 긁고 지나갔다.

'이런 미친…!'

최상위 관리자였다.

첫 대면에 저딴 게 머리 위를 스치고 지나갔다고 생각하니 온 몸에 소름이 돋았다.

하지만 깜짝 놀랄 틈도 없었다.

타타타타타타타타타탕!

일행 위로 탄막이 펼쳐졌다.

"씨-이-발!"

가벡은 급히 방패를 돌렸지만, 민우는 무방비 상태였다. 두르고 있는 것도 D등급 경량 방탄복이었다.

실질적인 방어력은 E등급이니 무조건 관통됐다.

짊어지고 있던 민우를 그대로 바닥에 내다 꽂고는, 그대로 감싸 안았다.

쿵!

D등급 코트로 최상위 관리자의 탄막을 막을 수 있을지는 몰랐지만, 어쩔 수 없었다.

맞는다면 차라리 재생 기능이 있는 이쪽이 맞는 게 나았다.

티티티티팅!

퍽! 퍽!

총알 튀는 소리 가운데 섬뜩한 소리가 섞였다.

뜨거운 인두로 살을 지지는 것 같은 고통!

어깨와 등에 각각 한 발씩 총알이 틀어박혔다.

'도망가야 한다….'

생각은 그렇게 했지만 최상위 관리자가 공격을 멈추지 않았다.

– Ärge arvake, et te ei pääse. Sa pead surema siinsed inimesed. (도망갈 수 있다는 생각은 하지 마라. 넌 여기서 죽어야만 한다.)

– Ei murda, et Ärritav kest. (그 귀찮은 외피부터 부숴주지.)

주웅– 주웅–

붉은색 레이저가 엎드려 있는 지훈을 X자로 긁었다.

지훈은 그걸 보고는 끝이 가까워졌음을 깨달았다.

그즈즈즈증!

"끄아아아악!"

엄청난 고통과 함께 D등급 코트가 잘려나갔다.

이제 총알을 방어할 수 있는 방어구 따위 없었다.

– surema(죽어라).

위–이–이–이–잉!

최상위 관리자가 익숙한 소음을 내며 부르르 떨었다.

입구에서 터렛이 탄환을 쏘기 전에 내뿜은 소음이었다.

'젠장, 여기까진가….'

죽음을 직감하고 눈을 감으려는 순간….

"EMP 갑니다!"

민우가 지훈의 품을 벗어나며 뭔가를 집어 던졌다!

휙!

– Sama kehtib ka ei saa.(똑같은 수에는 안 걸린다.)

쉭!

최상위 관리자가 방향을 틀어 날아가던 물건을 쏴버렸다.

최후의 수단이 무력화 됐음에도, 민우는 절망하지 않았다.

도리어 미소를 지었다.

'예상대로다.'

민우가 다시 한 번 뭔가를 집어 던졌다.

진짜 EMP였다.

– Kurat seda?(함정?)

최상위 관리자가 맞춘 건 민우가 쓰고 있던 방탄모였다. 그리고 진짜 EMP는 안전하게 하늘을 날았다.

주웅–

최상위 관리자가 급히 레이저를 뿜었지만….

그것보다 EMP가 더 빨랐다.

퐁–

콰라라라라라!

최상위 관리자가 엄청난 전자기 폭풍에 휩쓸렸다.

쿵.

EMP를 맞은 최상위 관리자는 다시 한 번 바닥에 떨어지는 수모를 겪었다. 그리고 그에 이어, 이번에는 가벡이 녀석을 둔기로 후려쳤다.

깡!

장갑이 얼마나 단단한지, 가벡의 둔기로도 흠짓하나 나지 않는 최상위 관리자였다. 하지만 후려치는 힘까지 저항하진 못했기에, 휙 날아가 데굴데굴 굴렀다.

"움직일 수 있나? 총에 맞은 것 같은데."

가벡이 다가와서 물었다.

어깨와 등. 다리와는 상관없는 부위였지만, 움직일 때 마다 격통이 몰아쳤다.

"괜찮다, 움직일 수 있어."

몸에 균열이 나는 것 같은 고통이 느껴졌지만, 꾹 참고 일어섰다. 고지가 멀지 않았다.

재생을 기다리고 있을 수는 없었다.

"민우, 이제 걸어서 이동해라. 가자."

너덜너덜해진 몸을 이끌고 코너를 돌았다. 그러자 시야 끝에서 작은 뭔가가 벌레무리처럼 꿈틀거렸다.

'저게 뭔…?'

눈을 찌푸리자 자세히 볼 수 있었다.

기계 무리였다. 이쪽으로 전진하고 있었다.

"이런 씨발!"

– Muutuvad protokoll. Kõigil võimu taastamise circuit. Eeldatav aeg. 5 min. (프로토콜 변경. 모든 전력을 회로 복구에 투입. 예상 시간. 5분.)

덤으로 뒤쪽에서는 최상위 관리자의 복구를 알리는 목소리가 들려왔다.

띠, 띠디딩… 팅!

복도의 광원이 사라지며 어둠이 들이닥쳤다.

제한시간 5분. 죽음의 카운트다운이 시작됐다.

무조건 승강기로 가서 아쵸푸므자를 불러야 했다.

권능의 반지

90화.
타임어택

권능의 반지

90화. 타임어택

NEO MODERN FANTASY STORY

드드드드드드…

멀리서 기계들이 다가오는 소리에 땅이 울렸다.

하지만 귀는 마치 먹어버린 양 아무것도 들리질 않았다.

두근, 두근, 두근, 두근.

마치 심장에 머리에 달리기라도 한 것 마냥, 심장 박동밖에 느껴지지 않았다.

– 어… 게… 해.

– 신체를 재생합니다. 신진대사가 가속됩니다.

무슨 소리가 들렸던 것 같았지만, 들을 수 없었다. 반지의 알림만 들렸을 뿐이었다.

'숫자… 숫자는?'

정확히 알 수 없다.

딱 봐도 스물은 넘어 보였다.

남은 유탄은 아무리 많아봐야 스무 발.

하나 당 하나를 죽인다고 해도 부족했다.

이이이잉-

- 정신… 려.

무슨 소리가 들렸지만, 뜻을 이해할 수 없었다. 소리가 꼭 이명이 섞인 것처럼 희미하게 들렸다.

'유탄으로 최대한 많이 없애고, 나머지는 육탄전이다.'

그렇게 하면 됐다.

이능을 때려 박고 몸이 걸레조각이 될 때 까지 싸운다면 불가능한 일도 아니었다.

방탄 코트가 잘려나간 까닭에 방탄 능력을 상실했다.

'방어는?'

무조건 가백 뒤에 딱 달라붙어서 이동해야 했다.

이이이잉 -

- 빌… 먹… 하필 이… 때….

'피라미 기계들이야 그렇게 한다지만, 최상위 관리자는?'

핑 하고 돌던 머리가 덜컥 멈췄다.

유탄, 아티펙트 어느 하나 먹히질 않는 적이었다.

유일한 제압 수단은 EMP인데, 그나마도 지금 2개 다 쓴 상태 아니던가.

이이이잉-

- 명령…… 면, 나 혼자…… 간…!

애초에 말도 안 되는 상대였다.

인간이 아직 문명을 이룩하지도 못했을 때, 이 유적을 만든 종족이 FS다. 아마 장기 보관을 위해 온갖 기술을 때려 박아 만들었겠지.

'이길 수 없다. 상대해봐야 져.'

싸움만이 능사가 아니었다.

어차피 이쪽은 이미 원하는 바를 모두 얻었다.

도망치기만 하면 된다.

'회복… 회복 시간 내에 모조리 끝내야 한다.'

시계를 확인했다.

남은 시간, 4분 30초.

방향을 정하는 사이 30초나 흘러 버렸다.

일단 시계를 조작해 관리자 회복 알람을 맞췄다.

이이이잉-

다시 한 번 커다란 이명이 들렸다. 그리고 그와 함께….

"정신 차려! 뭘 어떻게 해야 할지 어서 알려달라고!"

가벡의 목소리가 똑똑히 들려왔다. 녀석은 방패를 앞세운 채 총알을 막고 있는 중이었다.

티티티팅!

멍하던 지훈의 표정이 원래대로 돌아오자, 가벡이 다시 한 번 의견을 피력했다.

"우회! 따돌려! 돌아와! 어때?"

나쁘지 않은 제안이었다. 최상위 관리자가 마비 된 사이에 숨으면 어디에 숨었는지 모를 수도 있었다.

분명 탐색을 위해 기계들을 분산시킬 테고, 그렇다면 각개격파하며 승강기로 향할 수 있었다.

하지만 기억해야 할 게 하나 있었다.

최상위 관리자의 이동 속도는 아득할 정도로 빨랐다.

1시간 30분이나 먼저 이동했음에도, 30분도 되지 않아 따라잡혔다. 그런 녀석을 따돌린다고?

갈잖은 소리였다.

"아니. 돌파."

진심을 담아 말하며, 어깨를 쫙 폈다.

신체가 재생되며, 인에 박혀있던 탄환들이 뽑혀져 나왔다.

이물질이 빠져나가며 느껴진 고통이, 다시 한 번 현실감을 되살려줬다.

"어떻게! 숫자!"

"아, 아무것도 안 보여요! 얼마나 많길래 그래요!"

"몰라, 그냥 많아!"

가벡이 미친 사람처럼 소리쳤다.

약간의 설명이 필요해 보였지만, 안타깝게도 남은 시간이 많지 않았다.

"valgus(빛)."

마법을 마치자 지훈 손이 반짝반짝 빛났다. 이로써 어둠이 어느 정도 걷혀 앞을 볼 수 있게 됐다.

'거리 약 3km. 금방 부딪히겠군.'

"가벡, 나 믿나?"

"무슨 소리!"

"닥치고 대답해라. 설명할 시간 없다."

"인간 치고는 꽤나 강한 투사라고 생각한다."

"그래. 그럼 C4 나한테 넘기고 돌진해."

가벡은 살짝 못마땅한 표정을 지었으나, 녀석도 별다른 선택지가 없었기에 순순히 건네줬다.

"민우. 얼마나 달릴 수 있겠냐."

"조금 느리게 뛰면 아직 견딜만 해요."

"방탄모 없으니까 대가리 숙이고 쫓아와라."

"아, 알겠습니다!"

"앞에 무슨 소리가 나든 그냥 달려. 쳐다보지도 마."

민우의 머리를 거칠게 쓰다듬었다. 약했지만 언제나 예상치 못한 방향에서 밥값을 하는 놈이었다.

방금도 민우가 EMP를 맞추지 못했다면, 지훈은 지금 쯤 시체가 됐을 터였다.

– 고맙다.

작게 속삭이자, 민우가 동공을 부풀리며 쳐다봤다.

"잘 들어. 오늘 우리 셋 중 누구도 죽지 않는다."

민우와 가벡을 번갈아 쳐다봤다. 둘의 표정에서 굳은 다짐이 떠올랐다.

"빨리 가자. 끝내고 밥 먹어야지, 새끼들아. 언제까지 썩은 기계냄새 맡으면서 있을래?"

그 말을 마지막으로 박수를 쳤다. 합의하지 않았음에도 일행 모두 그 소리가 출발 신호라는 걸 알았다.

팡!

박수 소리가 나자마자, 셋의 몸이 스프링처럼 튀어나갔다.

드드드드드….

투다다다다….

생명체와 기계.

둘 중 누구 하나 부서지기 전 까지는 멈추지 않을 치킨 레이스가 시작됐다!

"무슨 생각이지! 내가 아무리 세다지만, 저 많은 기계들을 전부 날려버릴 순 없다!"

"지랄하네. 네가 세긴 뭐가 세."

"빌어먹을 놈. 나가서 방패로 후려쳐 주마."

"할 수 있으면 해 봐, 새끼야."

거친 말이었지만, 저 말의 전제에는 '살아서 나간다'가 깔려 있었다. 지훈은 픽 웃음이 나왔다.

"그래서 어떻게 할 생각이지?"

손을 휘둘러 적과의 거리를 파악했다.

남은 거리는 약 1km. 이제 슬슬 움직여야 할 차례였다.

"나 믿는다고 했지?"

"그래. 믿는다!"

"앞이 보이지 않던, 적에 막히던 일단 무조건 밀면서 전진해. 나머지는 내가 전부 알아서 처리하지."

가벡이 '어떻게!' 라고 물었지만, 대답하지 않았다.

시간이 없기 때문이었다.

'이 쯤이면 충분하겠군. 가속 이능 발동.'

온 몸의 피가 엄청난 속도로 회전했다. 전력 질주 하던 발이 훨씬 더 빨라졌고, 그 상태 그대로 몸을 비틀었다.

'집중 이능 발동.'

시간이 느려지기 시작하는 가운데, 이 세상에서 오로지 지훈 혼자만 정상 속도로 움직였다.

웬만하면 두 이능을 동시에 쓰지 않았지만, 이번만큼은 예외였다. 정밀한 육체 조작이 필요했기 때문이었다.

'그 잘난 폐부 깊숙이 폭탄을 박아 넣어 주마.'

제일 먼저 허리를 쭉 비틀었다.

이후 C4를 들고 있는 오른손을 뒤로 빼고,

잘 던질 수 있게 팔꿈치를 반 정도 잡았다.

으드드!

엄청난 속도와 힘을 순식간에 뽑아내기 위해, 근육이 비명을 질렀다. 손상이 갈 것 같았지만 신경 쓰지 않았다.

'전부 재생시키면 그만이다. 느리게나마 심장과 뇌까지 재생하는 능력이다. 그까짓 근육, 천 번이고 만 번이고 재생시켜 주마!'

밑 준비는 끝났다. 이제 던지기만 하면 된다.

"후!"

숨을 내쉼과 동시에, 온 몸에 근육을 조절했다.

처음엔 허리를 비틀었던 허리를 되돌리는 것으로 시작했다.

그 다음 어깨를 앞으로 당겨 던질 토대를 만들었으며,

접었던 팔꿈치를 쭉 피며 그 힘을 모조리 전달해….

한 점. 손목과 손끝에 모았다.

"야이, 개- 새- 끼 들아!"

손목을 아래로 쭉 꺾으며, 손가락으로 C4를 쭈욱 밀었다!

C4가 마치 총알처럼 하늘을 날았다.

마치 유탄을 쏜 것 마냥 엄청난 속도!

이후 기계들의 중앙까지 도착하기를 기다렸다가….

왼손에 들고 있던 기폭기를 꾹 눌렀다.

콰앙!

유탄과는 비교도 할 수 없을 정도로 커다란 폭발이었다.

어두웠던 복도가 폭발로 인한 화염으로 빛났다.

그것도 잠시. 후폭풍과 함께 짙은 연기가 뿜어져 나왔다.

하지만 이걸로 만족할 생각 따위 없었다.

바로 매고 있던 M33를 꺼내 연사했다.

투웅- 투웅- 투웅- 투웅- 틱. 틱.

콰콰콰콰쾅!

연기 사이로 노란 불꽃이 번쩍 번쩍 튀었다.

앞이 하나도 보이지 않는 극한 상황!

유폭 혹은 기습에 대한 두려움으로 멈칫거릴 수도 있었지만, 그 누구 하나도 달음박질을 멈추지 않았다.

서로가 서로를 믿었기 때문이었다.

타타타타탕!

티티티티팅!

거리가 어느 정도 가까워지자 기계들이 공격을 시작했다. 하지만 그래봐야 전부 가벡의 방패에 박혀버렸다.

"씨-이-발!"

가벡이 욕설과 함께 연기 안으로 들어갔다.

쿵! 쾅! 쿵! 쾅!

마치 성난 황소 같았다. 녀석은 쓰러진 기계들은 모조리 짓밟았고, 막는 서는 녀석들은 전부 으깨버렸다.

그 뒤로 지훈이 따라붙었다.

'모조리 작살을 내 주마!'

M33는 이미 거추장스러워서 던져버렸다. 대신 창고에서 가져온 아티펙트를 들었다. 손잡이도 없는 곡도였지만, 날 하나는 끝장나게 잘 드는 물건이었다.

훅!

제일 먼저 좌측에 처 박혀 있는 기계를 반으로 갈라버렸다.

검을 휘두르는 순간에도 절대 멈추지 않았다.

자세가 제대로 잡히지 않았지만 신경 쓰지 않았다. 부족한 힘은 속도로 커버하면 됐다.

다음으로는 바닥에 꿈틀 거리는 기계가 보였다.

고민할 것도 없이 그대로 발로 차버렸다.

거미형 기계가 거칠게 벽에 부딪치더니, 바닥에 축 늘어졌다.

가속과 집중.

두 이능을 같이 쓴 지훈은 말 그대로 악귀 같았다.

가는 길마다 보이는 모든 걸 베었고, 바닥에 있는 건 철저하게 짓밟았다.

"크와아!"

삐비빅, 삐비빅, 삐비빅!

약 10기 정도 베었을까?

시계에서 알람이 울리기 시작했다.

최상위 관리자가 회로 복구를 완료했다.

– Rotid, nagu need kutid, ma saan lahti minu enda kätes. (야비한 원숭이 놈들, 내 손으로 직접 없애주마.)

"가벡, 뒤로 와. 레이저 막아!"

소리를 지르자, 앞에 가던 가벡이 바로 멈춰 섰다.

그런 가벡을 지나며, 녀석을 노리던 기계를 베어 넘겼다.

폭발에 휩쓸린 기계가 10기.

지훈이 베어버린 기계가 12기

가벡이 부숴버린 기계가 8기.

이제 남은 기계는 약 셋.

셋만 잡으면 이쪽의 승리였다.

"달려라, 민우. 내 등에 딱 달라붙어!"

가벽은 민우를 잡아다 휙 끌고는, 방패를 바닥에 내려놓고 슬금슬금 뒷걸음질 쳤다.

주웅—

붉은 레이저가 엑스자 모양으로 복도를 슥 훑었고….

"지훈, 엎드려!"

지훈 역시 가벽의 말을 듣자마자 한 치의 의심도 없이 바로 바닥에 납작 엎드렸다.

ㄱㅈㅈㅈㅈㅈㅈㅈㅈㅈㅈㅈㅈㅈㅈㅈㅈㅈ증!

눈에 선명히 보일 정도로 짙은 빛의 파동!

레이저는 마치 채찍처럼 가벽의 방패를 후려 친 뒤….

파스스스!

숙이고 있는 지훈의 머리카락 몇 올을 스치며 지나갔다.

감탄할 틈도 없었다.

레이저가 지나간 걸 확인하자마자 바로 남은 기계 두 마리를 처리했다. 그리고 마침내….

"올팅!"

"예."

"문 열어, 씨발!"

- Administraatori Õigused, lift kontrolli. (최상위 관리자 권한, 승강기 제어.)

절대 놓치고 싶지 않았던 걸까?

지훈의 명령과 최상위 관리자의 명령이 교차됐다.

올팅은 잠시 버벅거렸으나 이내….

"수행 거절. 이해할 수 없는 명령. 일족의 소망에 따라 선택 받은 자님의 명령을 우선시 합니다."

지훈의 손을 들어줬다.

타락한 왕은 더 이상 왕이 아니라 폭군인 것처럼, 타락한 순례자 역시 우선순위에서 밀려 버렸다.

위이이잉-

승강기가 고속으로 내려오는 소리가 들리자, 최상위 관리자가 미쳐 날뛰기 시작했다.

- mitte kunagi! Või oodanud juba aasta jooksul. palju kauem maa peal!

(절대, 절대 안 돼! 이미 3만년이나 기다렸다. 도대체 얼마나 더 기다려야 한다는 말인가!)

- 전력 제어, 집중화. 폭주 준비.

최상위 관리자가 마지막 일격을 준비했다. 유적의 전력을 끌어 모으고 있는지, 주변에 스파크가 튀었어.

"씨발, 승강기 내려오는데 얼마나 걸려!"

"5초 남았습니다."

가벡은 이번 일격을 막을 수 없다고 판단했는지, 민우와 함께 이쪽으로 달려오는 중이었다.

- 충전 완료. 발사.

"가벡, 방패 하늘로 던져!"

이윽고 최상위 관리자가 전류를 뿜어냈다.

인간 따위는 한 순간에 재로 만들어 버릴 수 있는 강력한 전기가 뿜어져 나왔다.

그리고 그 순간, 가벡이 지훈의 말을 듣고 바로 방패를 하늘로 집어 던졌다.

파-칭!

전기가 방패에 틀어 박혔다.

신금속을 무식하게 박아 두께와 넓이를 키운 방패였다.

이는 곧 뭔가 대신 맞아주는 데 특화되어 있는 물건이라는 말이었다.

게다가 전기 역시 질량이 없었기에 관통력이나 저지력 따위 있을 수도 없었다.

결국 방패가 모든 전기를 흡수하고 그대로 녹아버렸다.

- Teine juhtum ettevalmistamisel. Viivitus 3 sekundit. (제 2격, 준비. 딜레이 3초.)

3초.

가벡이 승강기 앞에 도착했다.

2초.

이제 남은 방어구는 없었다.

맞느면 죽는다.

1초.

승강기 문이 열렸다.

그리고….

그 안에는 아쵸푸므자가 타고 있었다.

일행의 승리였다.

91화.

오래 기다렸다. 많이 힘들었지?

권능의 반지

91화. 오래 기다렸다. 많이 힘들었지?

NEO MODERN FANTASY STORY

- tulistama. (발사.)

엄청난 전류가 일행, 그리고 아쵸푸므자에게 날아왔다!

"Unikaalne kontrolli peatuste al. (고유시 제어, 정지.)"

믿을 수 없는 일이 벌어졌다.

동체 시력으로 쫓을 수도 없을 정도로 빨랐던 전류가, 마치 시간이 멈추기라도 한 양 그대로 움직임을 멈췄다.

"Sinu Miranda võita. O vaene väike tall. (너의 패배란다. 불쌍한 어린 양아.)"

아쵸푸므자는 이어 지훈에게 수고했다고 말했다.

"아슬아슬했네. 수고했어."

- ei! Palun. Ma ei taha enam ootama, palun,

awesome kõike…. (안 돼, 더 이상은 기다리고 싶지 않아.
제발 모든 걸 끝내줘….)

안도의 한숨을 내쉬는 일행과 달리, 최상위 관리자는 좌절
이 잔뜩 섞인 목소리를 내뱉었다. 마치 실시간으로 미쳐가고
있는 것처럼 보였다.

"sunnitud süüde. (강제 발화.)"

아쵸푸므자는 그 좌절의 목소리에, 표정 하나 변하지 않고
마법을 부렸다.

화르르륵.

그와 동시에 최상위 관리자에게 불이 붙었다.

'저딴 게 불에 탄다고!?'

아티펙트로 후려치고, 유탄을 때려 박아도 흠짓 하나 나지
않았던 장갑이었다. 하지만 아쵸프무자의 마법에는 마치 엿
가락처럼 녹아내렸다.

- Lõpuks, lõpuks jõudnud puhata…. (드디어, 드디어
안식이….)

최상위 관리자는 그 말을 마지막으로 침묵했다.

단지 금속이 타는 괴상한 냄새만 났을 뿐이었다.

"허억… 허억…."

일행은 승강기 안에 주저앉아 숨을 몰아쉬었다. 다들 너무
나도 지쳐 있기 때문이었다.

"힘들어 보이네."

"본인이 시키고 그딴 말 지껄이면 기분 좋나보지? 거 참 아

주 큰 위안이 되는군. 씨발."

아쵸푸므자는 어깨를 으쓱거리는 걸로 흘려버렸다.

"물건은?"

가방 깊숙한 곳에서 약속했던 기록을 건네줬다. 기록실 중앙에 있는 수정처럼, 언제 봐도 깊은 푸른색이었다.

"약속은 꼭 지켜야 할 거다."

아쵸푸므자는 흡족한 얼굴로 기록을 집어 들었다.

그 모습을 보고 있자니 문득 궁금증이 솟았다.

단말기 얘기를 봤을 때, 아쵸프무자 본인이 직접 기록을 남기라고 한 것 같았다.

'근데 왜 본인이 다시 받지? 단말기는 분명 수취인이 다른 개척자인 것 마냥 얘기했다. 도대체 무슨 생각이야.'

물론 입 밖으로 꺼내지는 않았다.

가끔은 웅변보다 침묵이 더 귀하고, 박식보다 무지가 더 안전하다는 사실을 알기 때문이었다.

그저 맘에 안 든다는 표정으로 아쵸프무자를 쳐다봤다.

"지훈."

"왜 그러지."

아쵸프무자가 가까이 다가왔다, 조금이라도 움직이면 입과 입이 마주칠 것 같은 아찔한 거리.

일반적인 여성이었다면 성적인 긴장감이 흘렀겠지만, 그딴 거 하나도 없이 경계심이 앞섰다.

- Ei taha teada, liiga palju. Ligi inimese sammu

lähemale päikese valmis surema teised. (너무 많은 걸 알려고 하지 마. 태양에 다가간 필멸자는 타 죽기 마련이야.)

예쁜 입에서 그을음 가득한 섬뜩한 소리가 튀어나왔다.

아쵸프무자는 그 말을 마지막으로 녹아내리기 시작했다.

"잠깐, 거래는! 칼콘은 어떻게 할 거지?"

"그 녀석과 함께 날 찾아."

언제나 그랬듯, 언제나 수수께끼처럼 사라지는 그녀였다.

"끝난… 거예요?"

민우가 승강기 바닥에 주저앉아 말했다.

날아오는 전류를 보고 죽을 거라 생각했었는지, 영혼이 반쯤은 빠져나간 모습이었다.

"그래. 끝났다. 이제 집에 가자."

"하, 하하하… 죽을 줄 알았는데…."

"내가 얘기했잖아. 우리 셋 중 누구도 안 죽는다고."

그 말은 마지막으로 승강기를 가동했다.

위이이잉 –

승강기가 지상으로 올라가기 시작했다.

그 반작용으로 중력이 무거워진 것 같은 기분이 들었다.

문득 가벡이 물었다.

"저게 네가 말한 주술사인가?"

"그래."

어차피 볼 거 다 본 사이였기에, 짧게 긍정했다.

"피처럼 붉은 머리에, 일그러진 얼굴. 어디서 들어본 적 있는 외모다. 주술사가 맞긴 한 건가?"

들어본 적 있다는 말에 호기심이 들었지만, 집어 치웠다.

아쵸프무자의 말이 신경 쓰이기도 했고, 지금은 그딴 거 다 필요 없고 쉬고 싶었기 때문이었다.

"나도 몰라. 그냥 마법사려니 하고 짐작만 한 거야."

"흐음… 그렇군."

가벡은 주먹으로 제 볼을 가볍게 툭툭 쳤다.

"다음에도 저 암컷과 관련 된 일이 있다면 나는 빠지고 싶군. 저 암컷이 주술사든, 그 어떤 존재든 상관없다. 저 여자에게는 짙은 죽음의 냄새가 난다."

수 없이 많은 전투와 전쟁으로 벼려진 감이리라.

아무리 전투 중에 죽고 싶어 환장한 광전사라 할지라도, 제가 죽을 묏자리 정도는 직접 정하고 싶은 모양이었다.

"그래, 알겠다."

아쉽지만 어쩔 수 없었다.

딱히 잡을만한 명분도 없었다.

보상도 주지 못하는 데, 목숨까지 걸라고 하는 꼴이었다.

아무리 친구 사이라고 해도 보증은 서주지 않듯, 동료라고 해도 도와줄 수 있는 선이라는 게 있었다. 게다가 가벡은 아직 제대로 된 동료도 아니지 않던가?

이번 일을 도와준 것만으로도 충분히 고마웠다.

위이이잉-

고요한 침묵 속 승강기 소리만 계속됐다.

⊕

띠잉 -

"푸흐아!"

지상에 도착하자마자 다들 숨이 막히기라도 했던 것 마냥 공기를 잔뜩 빨아들였다.

자살숲은 화산지대 위에 있는 숲이었다.

질로 따지자면 잘 관리 된 유적 내부 공기가 훨씬 뛰어났지만, 단지 밖으로 나왔다는 사실 하나만으로도 좋았다.

일종의 승리 세레모니 같은 행위였다.

한 30초 정도 지나자 문득 민우가 물었다.

"형님, 혹시 여기서 구조대 부르면 안 오겠죠?"

무릎이 작살나서 걷기가 어려운 모양이었다.

당연히 안 올 거 알았지만, 일단은 핸드폰을 꺼냈다.

평상시에는 외투 주머니에 넣어놨지만, 이번 유적에서는 바지 주머니에 넣어놔서 그나마 다행이었다.

착!

폴더폰을 열었지만 안타깝게도 신호는 잡히지 않았다.

예상했던 결과기에 별 실망 없이 핸드폰을 닫았다.

전화가 연결된다고 해봐야 어떻게 설명한단 말인가?

- 여기 자살숲 한가운데인데, 좀 구하러 와주세요~

장난전화 아니면 엿 먹이려는 전화겠지 할 것이다.

"다리 많이 아프냐?"

"아뇨, 괜찮아요."

민우는 애써 미소를 지었다.

"지랄을 해라, 지랄을."

휘릭!

저항하는 민우의 가랑이 사이에 손을 쑥 집어넣고는, 그대로 짊어졌다.

"에휴, 씨발. 앞으로 개척지랑 멀리 떨어져 있는 곳으로는 안 오던가 해야지. 이게 뭔 개고생이야 진짜."

"길은 아나?"

가벽이 물었다. 순간 머리가 하예 졌다.

"미친놈아, 네가 길 뚫었으니까 네가 외웠어야지!"

여기는 자살숲이었다.

지도가 있는 것도 개척지 근방이 전부고, 심부부터는 지도고 나발이고 없었다.

"농담이다. 다 기억해 뒀으니 걱정 마라."

"개 우라질 놈. 그냥 처맞아야 정신을 차리지. 아주 농담은 개뿔, 입으로 똥을 싸고 자빠졌네."

✦

2시간 후.

분명 오면서 나뭇가지들을 전부 다 쳐냈음에도, 이상하게 흔적이 하나도 남아있질 않았다.

"여기 맞냐?"

"맞다. 걱정 마라."

직접 보자니 여기가 저기 같고 저기가 여기 같은 기묘한 숲이었다. 어떻게 길을 찾는지 참 신기하기 그지없었다.

"여기 맞는 거 확실해?"

"우리는 서남쪽으로 직진했다. 그러니 동북쪽으로 쭉 직전하면 된다. 간단하다."

그럼 그렇지.

새로운 길로 가고 있다는 말이었다.

"야 이 개새끼야!"

싸커킥을 날렸다.

✥

야영은 짐승이 파놓은 걸로 보이는 구덩이에서 했다.

밥은 MRE 2봉과 FS들의 식량을 나눠먹었다.

✥

자살숲 탈출 2일차.

쾅!

자다 깨서 정신이 멍했다.

핸드폰 알람을 뭐 부딪치는 소리로 해놨던가?

당연히 그럴 리 없었다.

후다다닥!

입구로 나가니 가벡이 거대한 새의 목을 비틀고 있었다.

"가시 산맥에선 참새가 이렇게 용감하지 않았는데 말이지. 오늘 밥은 이걸로 하지."

타닥, 타닥, 타닥….

마법을 배운 것 중 장점이 하나 있다면, 어디 가서 불붙이는 데 불편할 것 없다는 거였다.

'아니 토치 하나 들고 다니는 거랑 뭐가 달라.'

노릇~ 노릇~

이름 모를 조류 고기가 구수한 냄새를 냈다.

가벡이 고기를 발라낼 줄 알아서 깔끔한 모양이었다.

아무거나 막 잡아먹어도 되나 싶은 생각이 잠시 스쳤지만, 아무도 입에 올리질 않았다.

맛 더럽게 없는 블록이나 씹고 싶지 않았기 때문이었다.

❖

자살숲 탈출 3일차.

들어갈 때는 하루 반나절 걸렸지만, 나갈 때는 3일이나 시간이 허비됐다. 날카로운 눈초리로 가벡을 쏘아봤지만, 가벡은 슬쩍 고개만 돌릴 뿐이었다.

근데 그것도 대단한 게, 원래 자살숲은 사람이 길 잃기 딱 좋은 지형이었다.

살아서 나온 것만으로도 대단한 거였지만, 그 사실을 모르는 입장에선 대충 나온 걸로 밖에 보이질 않았다.

✧

그렇게 일행은 들어가는 데 2일, 유적 안에서 5일, 나오는 데 3일을 허비해 총 10일에 걸려 유적 탐사를 완료했다.

서부 톨게이트에 도착하니 지현이 마중을 나와 있었다.

'시연은?'

보이질 않았다.

통화하며 들은 목소리가 가라앉아 있던 걸 봤을 때, 단단히 화가 나있는 모양이었다.

'가만히 두면 사이가 틀어질지도 모른다.'

애정표현을 잘 못해서 그렇지, 지훈도 시연을 무척이나 좋아했다. 처음에야 연애할 여유가 안 되니 틱틱거렸지만, 지금은 달랐다.

시간이 지나면 지날수록 마음에 들었고, 지금은 없으면 허전할 지경에까지 이르렀다.

'나중에 따로 연락해 봐야겠다.'

그래도 일단은 칼콘이 먼저였기에, 뒤로 슥 밀었다.

"뭐 하러 마중까지 나왔어."

차에서 내려 인사하니, 지현이 저 멀리서 달라왔다.

얼마나 보고 싶었으면 저랬을까.

마음이 뭉클해졌다.

"야이 개 같은 인간아!"

휘릭-!

지현이 온몸을 날린 드롭킥을 차기 전 까지만.

'돌았나, 보자마자 왜 저래?'

피하려면 피할 수 있었지만 그러지 않았다.

아마 피하면 지현은 관성에 따라 주욱 날아갈 테고, 착지와 동시에 아스팔트에 살을 쓸리겠지.

결국 어쩔 수 없이 맞아줬다.

퍽!

"미친년아! 돌려면 곱게 돌아라, 좀!"

몸을 일으키자, 이번에는 보디 블로를 날렸다.

저건 피해봐야 넘어질 일 없었기에 가볍게 피해줬다.

"야 이 인간아! 말도 없이 쳐나가서, 말도 안 하고 이 따구로 늦으면 어쩌라고!"

헌팅 나간다고는 했지만, 기간을 말해주지 않았었다. 아마 하루하루를 마음 졸이며 기다린 모양이었다.

"하이고, 쌍년이 언제부터 오빠 좋아했다고 기다리셨어?"

말은 저렇게 하면서도 마음은 기뻤다.

아프면서부터 틀어졌던 남매 관계가 되돌아오고 있다는 증거였기 때문이었다.

"에라, 화상아! 콱 나가서 뒤져버리지, 왜 돌아왔냐!"

투닥투닥.

한 10분 정도 실랑이를 하고는, 지현을 태워줬다.

"근데 뭐 하러 왔어. 아직 처리할 거 많다니까."

"그냥 할 거 없어서 왔다, 왜. 문제 있냐?"

"됐다, 쌍년아. 잘 왔다. 자~알 왔어."

집에 데려다 주려던 마음 싹 접고, 엿이나 먹으라는 생각으로 질질 끌고 다니기로 했다.

⊕

"난 여기서 내리도록 하지. 집에 가고 싶다."

가벡은 중간에서 내려달라고 얘기했다.

"지금?"

"그래."

민우가 어정쩡한 표정으로 묻자, 가벡은 짧게 일축했다. 그도 그럴게, 민우와 가벡은 현재 동거 중이었다.

적당히 일 끝내고 같이 돌아가려고 했는데, 혼자 간다니 적잖이 당황스러웠겠지. 물론 가벡이 3살 먹은 애는 아닌지라 납치 같은 일은 절대 발생할리 없었다.

단지 조금 걱정되는 민우였다.

어디 가서 괴한이라도 만났다간, 흠신 두들겨 맞을 게 분명했다. 괴한이.

아무리 상대가 잘못했어도, 가벡이 이방인이었다.

이방인이 원주민을 조졌다가는 일이 복잡해진다.

"조금 같이 있다가 가지?"

"싫다. 배고프다. 집 간다. 밥 먹는다."

얼마나 싫었는지 마디, 마디 뚝뚝 잘라서 얘기했다.

결국 어쩔 수 없이 민우가 가벡에게 카드를 하나 쥐어줬다.

"택시타고 가라. 괜히 이상한 사람 붙잡고 쥐어 패지 말고. 저번에 합의금으로 돈 빠진 거 생각하면 아직도 이가 갈려, 이 자식아."

"나보고 짐승이라고 했다. 못된 혀는 뽑아줘야 한다."

가벡은 자기가 한 말 그대로 실행했고….

전투 종족 상대로 말실수한 불쌍한 과객은 혀 대신 어금니 3개를 뽑혔다.

"됐고, 택시 타. 택시! 제발!"

택시비는 엄청나게 비쌌지만, 합의금보다는 아니었다.

결국 가벡은 투덜거리며 차에서 내렸다.

"너 저거 언제까지 안고 살 거냐?"

원래는 칼콘과 살았어야 할 가벡이었다.

"글쎄요… 잘 모르겠어요. 모아놓은 돈이야 많으니 로트와일러 같은 거 키운다고 생각하고는 있는데…."

개 취급 한다는 말이었지만 그럴 법 했다.

가벡은 처음 민우의 방에 갔을 때, 아무런 양해도 없이 바로 방바닥에 똥을 쌌기 때문이었다.

그 모습을 보고 민우는 그냥 정신을 놔버렸다.

'아, 저건 개구나. 그냥 개다. 말 하는 커다란 개.'

그 사실을 모르는 지훈은 픽 웃고 말았다.

"적적했을 텐데 잘 됐네."

"모르겠어요. 마음 같아선 빨리 큰탕 한 건 해서 쫓아내고 싶어요."

"알아 두마."

＋

가벡 다음으로는 민우와 지현을 내려줬다.

"가서 아티펙트 감정하고, FS쪽 식량 어디 팔만한 곳 있는지 조사해 봐."

"예, 형님. 알겠습니다."

민우는 꾸벅 인사했지만, 지현은 짜증을 부렸다.

"잠깐만. 나는 왜?"

"그냥 같이 가, 이 년아."

"아, 내가 왜 애랑 같이 잡일을 하는데~에…."

지현은 슬쩍 화를 내는 것 같아 보였지만, 왠지 모르게 뒷꼬리를 살짝 내렸다. 그 모습이 '화냈다고 다시 타라고 하지는 않겠지?' 하는 것 같았다.

"나 바빠, 이 년아. 집에 갈 거면 알아서 가라."

"아~ 오빠! 잠깐만. 야! 김지훈! 야…!"

지현은 끝까지 싫은 연기를 했다.

지훈은 지현이 그러건 말건 전혀 관심 없었기에, 무시하고 그냥 차를 출발시켰다.

저거 말고 급히 신경 써야 할 게 있었기 때문이었다.

⊕

병실 정보를 알고 있던 터라, 바로 칼콘에게 향했다.

옷 갈아입을 시간도 없었다.

방탄 외투는 이미 넝마가 되어 있었고, 안에 입고 있던 티셔츠는 피와 땀에 잔뜩 젖어있었다.

병실로 가는 와중에 의사와 간호사가 화들짝 놀라 달려들었으나, 바빴기에 무시했다.

상처? 그딴 거 이미 재생됐다.

치료 따위 받을 필요 없었다.

하지만 소중한 동료, 칼콘은 아직 다 낫지 못했다.

지금 당장 치료해 줘야 했다.

쾅!

병실 문을 부숴버릴 듯 열고 들었다.

- 아, 드디어 등장했습니다! 구세주예요! 이 난전을 정리하고, 모든 걸 끝낼 구세주가 등장했습니다!

크라토스 중계가 시끄럽게 울리는 가운데, 칼콘이 고개를
돌렸다.

"누… 어? 지훈?"

몰골이 말도 아닌 지훈을 보고 깜짝 놀라는 칼콘이었다.

지훈은 그런 칼콘을 쳐다보며 미소 지었다.

"다녀왔다. 새끼, 많이 힘들었지? 오래 기다렸다."

권능의 반지

92화.

개조, 역행, 재생, 선택

권능의 반지

92화. 개조, 역행, 재생, 선택

NEO MODERN FANTASY STORY

피가 잔뜩 묻어있고, 옷마저 넝마가 되어있기 때문일까?

칼콘은 적잖이 당황한 표정을 지었다.

"아, 아니 이게 무슨…."

칼콘은 왼 발에 후크 선장 같은 의족을 끼고 있었다. 조금 다른 게 있다면 나무가 아닌 강화 합금이라는 것 정도?

아마 유적에 가있는 10일 동안 재활을 받은 모양이었다.

저걸 달고도 생존에는 문제가 없겠지마는, 전투 생활처럼 하는 오크로서는 엄청난 치욕일 게 분명했다.

게다가 손은 저런 물건으로는 대체될 수 없었고 말이다.

"지훈, 괜찮아!? 이게 무슨 일이야!"

틱, 톡, 틱, 톡!

다리와 의족이 땅에 닿을 때 마다 다른 소리를 냈다.

자기 때문에 저렇게 됐다고 생각하니 마음이 불편해졌다.

"피잖아! 어디 다쳤어? 의사 부를게!"

"아니, 필요 없어. 이미 전부 재생됐다."

칼콘은 얼굴을 찌푸리곤 이해되지 않는다는 표정을 지었다.

"근데 도대체 왜 이 차림으로 여기까지 온 거야?"

"아쵸프무자와 거래했다."

"마법쟁이잖아. 그 녀석과 무슨 얘기를 한 건데?"

"직접 얘기하는 게 빠를 것 같군. 아쵸프무자!"

불렀지만 그 어디에서도 아쵸프무자가 나타나질 않았다.

1초, 2초, 3초, … 7초.

침묵이 길어지자 칼콘이 엄니를 긁적거렸다.

"지훈, 어디 아프지? 그래, 그런 것 같아. 옷차림도 그렇고… 잠시만, 간호사 호출할게."

"아니, 그게….."

멍 하니 있는 사이 칼콘이 호출벨을 눌렀다.

병실 문이 드르륵 열리며 간호사가 들어왔다.

외국인인지 불꽃처럼 붉은 머리카락에, 일그러진 왼쪽 얼굴을 가지고 있었다.

아쵸프무자였다.

'저건 또 뭔….'

얼굴 찌푸리고 있자니, 아쵸프무자가 투덜거렸다.

"이런 개방된 장소는 조금 불편해. 보는 눈이 많잖아?"

아쵸프무자는 칼콘을 배려해서인지, 한글로 얘기했다.

도대체 간호복은 어디서 얻었는지 알 수 없었지만, 딱히 물어 볼 필요 없었기에 입을 다물었다. 언제 어디서든 부르면 나타나는 녀석인데, 복장이 무슨 상관이란 말인가?

반면 칼콘은 경계하듯 자세를 낮췄다.

현재로써는 아군일지라 하더라도, 종족 특성상 위험한 존재를 보면 본능적으로 경계하게 되는 것 같았다.

"저 여자가 왜 여기 있어?"

"얘기했잖아, 거래 했다고."

칼콘의 눈이 지훈의 몰골을 살피곤 쓰린 표정을 지었다.

"도대체 왜 이렇게 까지 하면서…."

뭉클 거리는 감동의 순간이나, 고마움의 눈물 따위는 익숙하지 않았다.

단지 이 쪽 방식대로 누구보다 거칠고 과격하지만, 속은 따뜻한 말을 건넸을 뿐이었다.

"씨발, 친구 돕는데 이유가 어디 있어. 그냥 하는 거지."

그 말은 들은 칼콘은 큽 소리를 내며 고개를 숙였다.

"질질 짜지 마, 새끼야."

"누가 운다고 그래? 전사는 눈물을 흘리지 않아."

"등치는 산만한 오크 새끼가 울면 석중 할배가 당장 달려와서 부랄 떼 갈 거다."

"하…! 내가 그 늙은이 부랄을 떼는 게 빠를걸?"

칼콘 역시 지훈의 마음을 이해했는지, 애써 감정을 추스르고 웃는 얼굴을 지었다.

아쵸프무자는 그 모습을 조용히 지켜보다 말했다.

"쟤 반지 꼈었나 봐?"

분위기가 일순간 굳었다.

아쵸프무자의 말도 안 돼는 무력을 눈앞에서 직접 봤기 때문일까?

왠지 모르게 조금 위축됐다.

'반지를 공유한 게 문제가 될까?'

최악의 상황을 대비했지만 딱히 별 일은 생기지 않았다.

"부작용 심했을 텐데, 둘 다 운이 좋네. 축하해."

단지 픽 웃으면서 축하해 줬을 뿐이었다. 하지만 그것도 잠시, 뒤에 조심스러운 말을 남겼다.

"하지만 남용하지는 마. 어이없는 배신으로 네가 죽어버리면 나도 곤란해."

말 속에 있던 가시가 당장이라도 눈을 파고 들어갈 듯 따갑게 느껴졌다.

"주의하도록 하지. 그래서 어떤 방법으로 칼콘을 원래대로 돌려줄 생각이지?"

가볍게 긍정하며 화제를 돌려버렸다.

반지 얘기를 더 해봐야 좋을 거 없다는 판단에서였다.

"잠깐만, 내 몸을 원래대로 돌려준다고?"

이번엔 칼콘이 훌쩍 끼어들었다. 녀석은 그런 일 때문에 위험한 일을 했냐고 따졌지만 가볍게 무시했다.

진짜 목숨 빚은 이쪽이 졌다.

이 정도라도 해서 갚아야 마땅했다.

"어디보자, 선택지는 많아. 너희가 직접 선택해."

아쵸프무자가 제안한 선택지는 다음과 같았다.

1 – 마법 의수.

"아는 골초 안경잡이 계집애가 준 물건이 하나 있어."

의수라는 말에 얼굴을 찌푸렸다. 아무리 뛰어난 의수라고 해봐야, 제 몸이 아닌 이상 가짜였다.

"내 목숨 값은 비싸다, 아쵸프무자. 그딴 가짜로 내 목숨 값을 폄하하지 마라."

"글쎄. 나도 그렇게 생각 하지만 그 여자가 그러더라. 완벽한 가짜가 아니면 취급하지 않는다고. DNA 검사로도 판별되지 않는 가짜라면, 과연 그걸 가짜라고 할 수 있을까?"

대체할 수 없는 불안한 진짜.

대체할 수 있는 완벽한 가짜.

만약 둘의 성능이 같다면? 혹은 가짜가 진짜의 기능을 모두 계승함은 물론, 더 나아가 성능까지 훨씬 좋다면?

남은 건 오리지날리티에 대한 인식 차이밖에 없었다.

이럴 경우 지훈이라면 당연히 효율성을 중시했다.

'물론 선택은 칼콘의 몫이다.'

이쪽이 이렇다 저렇다 해봐야 조언 그 이상을 넘을 수는 없었다.

칼콘의 몸이었다.

"한 번 보고 싶어."

"원하는 대로. Kutse(소환)."

아쵸프무자의 손 위 공간이 일그러지더니, 인형 토막 같아 보이는 작은 팔 하나를 토해냈다.

"그걸 내 몸에 다는 거야?"

"맞아. 감각도 느낄 수 있고, 한 번 달면 나를 제외하고는 누구도 뺄 수도 없어. 게다가 등급으로 따지자면 B등급 정도라 쓸 만할 걸?"

B등급이라는 말이 뭔 소린가 싶었다.

궁금한 표정으로 바라보자, 아쵸프무자가 단검을 하나 꺼냈다. 그리고는….

깡!

단검이 부러져서 하늘을 날았다.

등급은 알 수 없었다. 단지 아쵸푸므자가 꺼냈다는 이유로 최소 C등급 이상이겠거니 싶었다.

"근력은 네 능력을 따라가. 강도나 탄도는 B등급 고정."

일종의 마개조였다.

저 정도 의수라면 굳이 건틀렛을 낄 필요도 없었고, 왼쪽 한정 맨손, 맨발로도 사람을 찢어발길 수 있었다.

"알겠어. 다른 건 또 뭐가 있어?"

칼콘은 고개를 끄덕이고는 다음 선택지를 물었다.

2 – 신체 시간 역행.

"말 그대로 네 몸의 시간을 과거로 돌리는 거야. 팔과 다리가 날아가기 전으로 돌리면, 그 팔과 다리도 다시 돋아나."

유적 내에서 아쵸프무자가 전기를 멈췄던 게 생각났다. 단순히 멈추는 것 외에도, 과거로도 돌릴 수 있는 모양이었다.

"하지만 단점이 하나 있어. 아예 시간을 돌리는 거라서 기억은 물론 경험과 능력까지 모조리 사라져."

이물질을 대지 않고 재생할 수 있다는 면에서는 좋았다.

하지만 그랬다간 병원에서 나눴던 서로의 깊은 감정 교류와 새롭게 쌓인 신뢰는 물론, 반지를 통해 각성했던 사실도 사라지게 된다.

"나는 이쪽을 제일 추천해. 시간을 돌린 만큼 수명을 더 얻을 수 있거든. 물론 내가 제일 잘 하는 분야기도 하고."

칼콘은 묻기라도 하는 것처럼 지훈을 쳐다봤다.

"어떡할까?"

"네가 결정해. 난 지켜만 볼 거야."

항상 지훈의 의견에만 따라만 오던 칼콘이었다. 아마 여기서 가벼운 귀띔만 주더라도 그대로 선택하겠지.

하지만 그러지 않았다.

본인 육체다. 이번에는 칼콘의 의지를 존중하고 싶었다.

"이건 싫어. 다쳐본 것도 경험이고, 지훈과 나눴던 대화도 잊고 싶지 않아. 나한테는 전부 소중해."

"그래, 알겠어."

아쵸프무자는 가볍게 끄덕이고는 다음 안을 내놓았다.

3 - 신체 재생

말 그대로 몸을 다시 돋아나게 하는 선택지였다.

현재 인간의 기술로도 시행할 수 있었지만, 가격이 비싸서 포기했던 바로 그 마법이었다.

"나 정도라면 네 몸을 온전히 복원할 수 있어. 하지만 내 재생은 마법과 조금 달라서 단점이 하나 있어. 그 과정이 조금 많이 아파."

조금 '많이' 아프다.

지훈은 '조금' 아픈 걸로 사진으로도 못 봤던 고조부님 존안이 어떻게 생겼는지 얼핏 으로나마 보고 왔다.

그거보다 심하다?

얼마나 고통스러운지 감도 잡히질 않았다.

"그건 완벽한 내 팔이야?"

"맞아. 도마뱀 꼬리처럼 다시 자라난다고 생각하면 돼. 뭐 예전에 생겼던 흉터나 이런 건 당연히 없어지겠지만."

칼콘은 고민스럽다는 듯 얼굴을 굳혔다.

경험을 잃기 싫다고 했으니, 분명 시간 역행을 선택할 것 같지는 않았다. 남은 선택지는 둘.

의수와 재생이었다.

만약 전자를 선택한다면, 팔과 다리 한정 B등급 영구 귀속 아티펙트를 획득하는 꼴이었다.

B등급 아티펙트.

눈 튀어나올 정도로 비싼 가격을 제외하고도, 그 자체로 굉장히 희귀하면서도 강력한 물건이었다. 그딴 게 육체에 직접 붙어있다면 분명 여러모로 큰 도움이 될 게 분명했다.

하지만 신체결손에 대한 불안감과 이물질에 대한 불쾌함이 평생 쫓아다닐 수도 있다는 단점이 있었다.

인간이든 오크든 상관없었다.

모든 생명체는 100% 효율적으로 움직이지 않았다. 사람이 효율을 생각해서 개사료나 칼로리 블록만 먹지 않는 것과 같은 이치였다.

후자는 본인의 신체를 훼손하지 않는다는 만족감은 얻을 수 있었지만, 육체 강화는 포기해야했다.

말로만 들으면 굉장한 악조건으로 보였지만, 생명체인 이 상 제 몸에 애착이 생기는 건 당연한 일이었다.

아무리 성능이 좋다고 한들, 가짜는 가짜였다.

실제로 독일에서 마법공학을 통해 인간과 완전히 똑같은 '로봇'을 연구한 사례가 있었다.

거의 완성 단계까지 갔지만, 독일은 이 연구를 파기했다.

– 만약 우리가 인간과 똑같은 로봇을 만든다면, 이것은 로봇인가 사람인가?

최근 급격한 과학, 기술의 진보로 인해 교육과정에 새로 추가된 필수 교과가 있었다.

바로 '도덕'과 '철학'이었다.

불안전한 세계에서 살아남기 위해 사람은 얼마든지 문명인의 탈을 쓴 야만인이 될 수 있었다.

그런 세상에서 누군가는 본인들이 문명인이며, '인간'이라는 생각을 가지고 있어야 했기 때문이었다.

"잠시 고민할 시간을 줄 수 있어?"

"오래는 안 돼. 시간이 부족해."

칼콘은 결국 1분 정도 고민하고 말했다.

"의수로 할게."

아쵸프무자는 고개를 끄덕이곤 이식 작업을 시작했다.

"맞다. 까먹은 게 있었어. 이식 작업도 무통은 아니야. 신경다발을 이어야 해서, 아마 살짝 따끔할 거야."

지훈이 슬쩍 얼굴을 굳혔다.

'살짝', '따끔' 두 단어 전부 한 번씩 겪어봤지만, 전부 정신이 아득해 질 정도로 아팠다. 하지만 한 번도 겪어보지 못

한 칼콘은 그러려니 하는 표정으로 왼 팔을 내밀었다.

"잠깐, 제대로 설명을 해 주는 게 좋…."

채 말이 끝나기도 전에 아쵸프무자가 영창했다.

"Ühendus(연결)."

비명이 울려 퍼졌다.

"끄아아아아악!"

그간 함께하며 칼콘이 저렇게 비명을 지르는 걸 본 것은 처음이었다.

'이런 미친…!'

그 소리가 우렁차, 누군가 올 것 같아 문을 열고 주변을 훑었지만 그 누구도 다가오지 않았다.

아니, 정확하게는 복도에 그 누구도 보이질 않았다.

수상한 광경이었지만 이제는 이해하는 걸 포기해 버렸다.

✦

"끄, 끝났어?

칼콘이 애걸하듯 물었다.

"응. 손은."

"아, 다행이다…."

마치 전쟁에서 살아 돌아온 군인 같은 표정도 잠시.

아쵸프무자의 입이 절망을 담았다.

"아직 한 발 남았다."

"어? 으아아아!"

"Ühendus(연결)."

권능의 반지

93화.

그들의 사정 그리고 정산

권능의 반지

93화. 그들의 사정 그리고 정산

NEO MODERN FANTASY STORY

민우는 잠시 가까운 벤치에 앉았다.

'이걸 어떡한다?'

제일 먼저 든 생각이었다.

현재 민우가 들고 있는 물건은 크게 2 종류였다.

하나는 유적에서 가져 온 무기(곤봉, 검, 손도끼)였고, 나머지 하나는 음식이었다. 전자는 일단 팔든 쓰든 식별 먼저 해야 했고, 후자는 무조건 팔아야 했다.

'저걸 어디다 팔아?'

제일 만만한 곳이 각성자 거래소였지만, 음식도 거래하는지는 미지수였다. 페커리 때도 그랬듯, 음식은 보통 국가 지정 식품 업체에서 정산했다.

하지만 유적에서 만년이나 방치된 검증되지 않은 물건을 어떻게 일반 식품 회사에 판단 말인가?

저런 물건 함부로 유통했다간, 예방 접종을 하지 않은 일반인들 사이에 치명적인 전염병이 돌 수도 있었다.

'그래. 이건 음식보다는 연구 물품으로 봐야지.'

결정은 났지만 또 고민스러웠다.

연구 물품을 각성자 물품 거래소(정부) 쪽으로 가져가면, 빠른 정산을 할 수 있었지만 가격이 낮았다.

반면 보사(BOSA)나 기타 연구 업체에 가져가면, 시간은 오래 걸리더라도 물건에 합당한 가격을 받을 수 있었다.

돈과 시간.

고민할 게 뭐 있겠는가.

민우는 당연히 돈을 선택했다.

근래에 들어서 반강제로 '큰 개' 한 마리 키우게 된 지라, 사료 값이 필요했기 때문이었다.

'보사로 가자. 아마 시연누님이 계시니까 정산이 빨리 끝날지도 몰라.'

"언제까지 여기에 앉아 있을 거야? 시간 아깝잖아!"

지루했는지 지현이 담배를 피우며 까칠한 척 쳐다봤다.

얼굴을 오래 쳐다보려는 티 팍팍 나는 연기였으나, 민우는 왠지 그 모습에 지훈이 겹쳐보였다.

– 샷건 맞고 싶지? 샷건, 새끼야. 샷건!

'히익!'

민우가 급히 고개를 돌렸다.

"가, 가죠. 아티펙트 상점 먼저 갔다가 보사로 갈게요."

"그래. 내 시간 낭비하게 만들면 죽을 줄 알아!"

지현이 주먹을 들어 보였다. 사실 지현은 민우에게 호감이 살짝 있었지만, 피는 그 무엇보다 진하다고 했던가?

그녀도 지훈처럼 감정 표현에 서툴렀다.

"넵, 가죠."

민우가 짐을 들고 일어섰다.

휘청.

아직 무릎에 제대로 된 치료를 하지 않은 상태였다. 무거운 짐을 들고 움직이기 어려웠다.

실제로 자살숲에서도 아예 지훈이 업고오지 않았던가.

"야! 너 왜 그래!"

"유적에서 조금 다쳐서요… 지금은 괜찮아요."

지현은 속으로는 엄청나게 걱정됐으나, 겉으로는 티를 내지 않으려 애썼다.

대신 민우에게서 짐을 뺏어들었다.

"뭐, 뭐하시는 거예요?"

"내놔!"

"이걸 왜 지현씨가 들어 주세요?"

"시끄러워! 딱히 너 좋아서 들어주는 거 아니니까, 괜히 이상한 오해 같은 거 하지 마라!"

민우는 표백제 섞인 웃음을 흘리며 짐을 건네줬다.

"드, 드리겠습니다."

⟡

아티펙트 상점에 들어가자 지현이 서울 처음 온 시골 처녀 마냥 헬렐레팔렐레 주변을 훑었다.

보통 아티펙트 상점은 각성자 혹은 아티펙트 유저 말고는 쫓아내는지라, 직원이 그녀에게 조심스럽게 다가갔다.

"죄송합니다, 고객님. 저희 매장은 일반인 손님은….'

"아니, 저 그게… 그런 게 아니고….'

키가 190은 되어 보이는 경비 직원이었다.

지현이 당황해서 버벅이고 있자니, 민우가 끼어들어 경비의 말을 잘라버렸다.

"식별하러 왔어요. 제 일행이에요."

"아, 죄송합니다. 실례했습니다."

직원이 고개를 꾸벅 숙이고 물러섰다.

지현은 그런 민우를 호감 섞인 시선으로 쳐다봤다.

"감정실로 안내하겠습니다, 이쪽으로."

위이이이잉-

도끼, 곤봉, 검 순으로 검사기에 넣고 돌렸다.

결과는 다음과 같았다.

[프로토콜 수정 도구 13번]

종류 : 손도끼

등급 : B

재질 : Error code 495 #NO DATA

기록실 건설자가 되신 걸 축하합니다.

비록 저희 일족에게 남은 시간은 얼마 남지 않았지만, 당신의 이름은 기록과 이 장비에 담겨 절대 잊혀지지 않을 것입니다, ehitustööline님.

이 도구는 건설 도중, 혹시라도 음모론 자에 의해 경비 기계가 폭주할 경우를 대비해 만들어 졌습니다.

만약에라도 그런 경우가 생길 경우, 이 도구를 이용해 기계를 제압하시길 바랍니다.

[오류기기 파괴용 곤봉]

종류 : 곤봉

등급 : B

재질 : Error code 495 #NO DATA +

기록실 수호자가 되신 것을 환영합니다.

저희 일족에게…… 것입니다, Hurmuri(님).

오류 기기가 생겼을 경우, 이 곤봉을 이용해 파괴해 주십시오. 매우 단단하게 제작되어 있으니, 사용 시 반작용으로 인한 부상을 주의해 주십시오.

　[업을 짊어지는 자]

　종류 : 검

　등급 : Error code 305, Guess from B to A

　재질 : Error code 495 #NO DATA +신원 불명의 영혼

　축하합니다, 순례자님. 그리고 죄송합니다.

　저희 일족은 절대 사라져서도 당신의 손에 묻은 피의 대가
를 잊지 않을 것입니다.

　(데이터 열람시 관리자 권한 필요)

　(식별 마법을 통한 강제 열람, 저항 실패)

　이 유적은 종말에 딱 맞춰 완성되게끔 되어있습니다. 그 말
은 곧 이 유적이 완료됨과 동시에 절대로 열리면 안 된다는
뜻입니다.

　최상위 관리자님의 결정에 따라, 이 유적은 완성과 동시에
영구 밀폐됩니다. 그렇기에 순례자님이 필요한 것입니다.

　순례자님께서 맡은 임무는 단 하나입니다.

　유적 완성과 함께 유적 내에 남아있는 동족을 모두 사살해
주십시오.

　창고에 있는 식량과 식수는 그들을 위한 물건이 아닙니다.

후발 주자들에게 저희의 기술과 문화, 그리고 식량 보존 방법을 알려주기 위한 표본입니다.

절대로 일족이 소비하게 둬서는 안 됩니다.

어차피 밖으로 나갈 수 없는 순간 식량 부족으로 서로 죽고 죽이게 될 결과밖에 남아있지 않습니다.

시간에 짓눌려 짐승이 되지 않게끔. 우리 일족의 마지막 생존자들이 문명인다운 최후를 맞을 수 있게끔 해주십시오.

그렇게 기계화가 완료 된 최상위 관리자와 올텅만 남기고 모두 사살한 후에 이 검으로 자결해 주십시오.

어려운 일이 될 것입니다.

다시 한 번 죄송합니다, 순례자님.

저희는 절대 당신을 잊지 않을 것입니다.

B등급 아티펙트가 3개였다.

하지만 민우는 설명을 읽고는 씁쓸한 표정을 지었다.

'결국 이렇게 된 거였구나.'

멀찍이서 듣기만 해서 무슨 일인지는 몰랐지만, 대충이나마 유적이 만들어진 배경에 대해 알 수 있는 민우였다.

민우는 마지막 남은 동족을 자기 손으로 죽인 뒤 자결했을 순례자를 생각하니 입 안이 쓰려졌다.

아마 최상위 관리자도 같았을 것이다.

처음에는 업을 짊어지는 자를 사용했던 순례자처럼 대의를 위해 기꺼이 희생했으리라. 하지만 3만년 이라는 긴 시간에 짓눌려 타락해 버렸겠지.

　이미 사라져버린 종족에게 잠시 묵념했다.

　"B등급 아티펙트 발굴 축하드립니다, 고객님. 근데 식별에 번역되지 않은 부분 및 고고학적 측면이 엿보이는 설명이 보입니다. 만약 원하신다면 연구 단체를 통해 번역을…."

　직원은 지훈이 들었던 것과 비슷한 말을 쏟아냈다.

　"괜찮습니다. 제 물건이 아니라서요."

　"예, 원하신다면 언제든지 기다리고 있겠습니다."

　민우는 들고 있는 아티펙트들을 내려다봤다.

　곤봉과 도끼는 B등급, 직원의 설명에 따르면 검은 보기 드문 B+ 등급이라고 했다.

　B등급 아티펙트 가격이 보통 3~5억이었다.

　게다가 설명을 보니, 고고학적 연구가치가 더 메겨져 자루당 10억 이상 나갈 게 분명했다.

　그 말은 곧 제 손에 30억이 들려있다는 뜻이었다.

　'30억, 의외로 가볍네. 옛날에는 상상도 못할 돈이었는데.'

　순간 욕심이 솟았지만 흩어버렸다.

　만약 중배 같은 인간 밑에서 일했다면 당장이라도 들고 도망갔을 테지만, 지금은 지훈과 함께 일하는 민우였다.

　처음에는 좋지 않은 방향으로 엮였지만 지금은 믿어 의심치 않는 동료였다.

　적어도 민우는 그렇게 생각했다.

　'이상한 생각 그만하고, 이제 보사로 가자.'

민우는 좀 더 가벼워진 마음으로 걸음을 옮겼다.

보사로 이동하는 사이 지현은 계속해서 재잘거렸다.

"우와 멋있다! B등급 아티펙트면 진짜 억 단위야?"

"네. 저도 그렇다고는 들었어요."

⊕

프론트에서 시연을 찾았지만, 출근하지 않은 상태였다.

"연구실 전화해 보니까, 요즘 계속 안 나온다고 하네요. 보니까 지인인 것 같은데, 핸드폰 번호로 걸어보세요."

안타깝게도 번호를 모르는 민우였다.

"지현씨, 혹시 형수님 전화번호 아세요?"

"몰라. 아마 오빠가 알 걸?"

머리를 긁적거렸다. 나중에 다시 찾아도 되겠지만, 될 수 있으면 지금 당장 끝내고 싶었다.

"전화 한 통만 빌리겠습니다."

뚜르르– 뚜르르…… 뚜르르– 뚜르르–

"여보세요."

전화기 너머로 뭔가 퍽퍽 거리는 소리와 함께 멀찍이서 나는 걸로 추정되는 비명이 들렸다.

"어… 이거 사람 패는 소리 아니에요?"

"그건 아니고, 칼콘이 지금 샌드백 때려보고 있다."

"네? 샌드백요? 병원은요?"

뻐– 억!

칼콘의 주먹이 샌드백을 뚫어버렸다.

보통 샌드백은 사람이 때리라고 만드는 물건이었다. 그렇기에 될 수 있으면 내구성 있게 만드는 게 보통이었다.

게다가 현재 칼콘이 서있는 곳은 판크라테온 체육관.

각성자들이 넘쳐나는 장소인지라 샌드백 역시 몬스터 가죽으로 만든 아주 단단한 물건이었다.

근데 그 샌드백이 뚫렸다.

그것도 주먹 한방에!

"우와, 이거 진짜야?"

칼콘이 믿을 수 없다는 듯 손을 뽑아냈다.

샌드백이 내장 토해내듯 모레를 우수수 뱉었다.

"가짜 같으면 아티펙트로 한 번 때려 줘?"

"아니, 괜찮아."

칼콘이 씩 웃으면서 고개를 절레절레 저었다.

"지훈! 나 이거 몇 번 더 쳐볼래. 다리로도 차봐야지!"

"적당히 해라, 미친놈아. 그거 다 때려 부수면 변상해야 돼."

"하지 뭐!"

지훈은 신이 나서 샌드백을 죽이는(?) 칼콘을 보며 한숨을 내뱉고는, 다시 전화기로 신경을 돌렸다.

"병원에 10일이나 있어서 더 이상은 싫대. 어차피 몸도 다 나았고 해서, 잠깐 바람 쐬러 나왔어."

⊕

저런 까닭이었다.

"형님, 근데 저희가 가져온 식량 있잖아요. 형수님 통해서 정산할까 싶은데 출근을 안 하셨네요. 어떡해요?"

시연이라는 말에 지훈이 잠깐 입을 다물었다.

"그냥 네가 알아서 해. 굳이 시연이 안 통해도 괜찮아."

"그럼 그냥 제가 마음대로 할게요."

"응, 그래 마음대로… 야, 야, 칼콘! 미친놈아! 그건 때려 부수면 안 돼지, 너 이 새…!"

뚝- 뚜우- 뚜우- 뚜우-

칼콘이 사고라도 쳤는지 전화가 뚝 끊어졌다.

민우는 짧은 웃음을 흘리고는 경비에게 용무를 전했다.

"FS유적에서 식량을 가져왔어요. 보관상태 보니까 만 년 정도 된 것 같아요."

"식품 연구팀 안내해 드리겠습니다, 이쪽으로 오시죠."

민우는 유적에서 가져온 식량들을 연구 물품으로 판매했다.

'칼로리 블록처럼 보이는 거랑 식수는 죄다 팔고… 술은 두 병만 남기자.'

FS산 만 년짜리 술이었다. 굳이 연구물품으로 팔 것 없이, 먹어도 만족. 애주가한테 팔아도 만족이었다.

식량 판매 대금은 만족스러울 정도로 챙겨줬으나 그 조건으로 몇 가지 질문 및 면담을 했다.

아프진 않냐, 병에 걸리지는 않았냐 등의 건강적인 부분부터, 맛이 어떠냐 같은 미식적인 질문도 있었다.

대부분 대답해 준 뒤 일행과 합의한 대로 유적의 위치에 대한 정보를 팔았다.

FS 유적 연구는 1~2순위를 다툴 정도로 우선순위가 높은 과제였기에 큰돈을 받고 팔 수 있었다.

⌖

[정산]
획득.
B등급 아티펙트 2개 (정산시 개당 최소 5억) (연구가치)
B+등급 아티펙트 1개 (정산시 개당 최소 7억) (연구가치)
첫 번째 개척자들의 식량 판매 대금 : 1억 9천만 원
유적, 기록 보관실 위치 정보 판매 : 10억

지출.
M33 + 유탄 : 5000만 원 (지훈 지출)
D등급 아티펙트 : 2300만 원 (지훈 지출)

EMP 수류탄 2발 : 1500만 원 (지훈 지출)

C4 2개 : 무료 (석중네 가게 입구에서 떼어 옴)

가벡의 방패 + 9mm 폭발탄환 : 2000만 원 (민우 지출)

MRE 10봉 + 칼로리 블록 : 50만 원

침낭 하나 : 15만 원 (나머지 하나는 하수구 때 샀음)

자살숲 지도 : 500만 원

가벡 택시비 : 12만 원 (민우 지출)

아티펙트 식별비 : 300만 원

총액.

아티펙트 미정산시 11억 8150만 원 획득.

3인 분배 시 약 3억 9천만 원.

[결과]

[지훈]

최종 정산, 현금 3억 200만 원 획득.

– 장비 손상 : M33 분실, 티셔츠 1장, D등급 방탄외투

– 부상 : 총상, 화상, 자상, 타격상, 근육파손(재생 됨) 영양실조, 어지럼증, 현기증 (재생 휴우증)

– 능력 : 티어 업 5번, 이블 포인트 5 감소.

– 기타 : 칼콘의 신뢰. 전우애.

– 잔고 : 약 3억 9000만 원

[칼콘]

현금 획득 없음.

– 기타 : B등급 의수를 달았음.

[민우]

3억 7000만 원 획득.

– 장비 손상 : D등급 경량 방탄모 파손.

– 부상 : 무릎 인대 부상. (치료 필요)

– 능력 : 저항 −1, 근력 +1, 이능 +1(!!!!!)

[가백]

최종 정산, 2억 9000만 원 획득.

1억 원의 행방 : 아무 생각 없이 수표로 밑 닦고 변기 내림.

– 장비 손상 : F등급 방패 (수리는 가능하나 파기)

– 부상 : 찰과상 및 얕은 자상 여러 개.

– 능력 : 근력 + 1 저항 + 1, 티어업 2번.

권능의 반지

94화

토끼에서 사슴으로

권능의 반지

94화. 토끼에서 사슴으로

NEO MODERN FANTASY STORY

정산 이후 각자 바쁘게 몸을 움직였다.

민우 일행은 유적 물품 및 정보를 판 뒤 집에 귀가했다.

지현은 데이트(?)를 조금 더 즐기고 싶은 눈치였다. 까닭에
'있잖아, 영화 볼래?' 라는 얘기를 꺼냈지만, 민우는 그저 샷
건밖에 떠오르질 않았다.

"죄송합니다, 아직 제대로 쉬질 못해서 피곤하네요. 다음
에 같이 봐요."

민우도 지현이 싫지는 않았다.

소심한 그에게 먼저 다가와 준 것도 마음에 들었고, 틱틱
거리지만 싫지 않은 내색을 하는 것도 좋았다.

하지만 이번에는 정말 피곤했다.

피로가 가득 쌓여 몸은 걸레요, 마음은 곤죽. 지금 당장 집으로 가서 침대와 한 몸이 되고 싶은 마음이 컸다.

"하, 웃기네. 나 지금 거절당한거야? 나도 그냥 시간 조금 남길래, 불쌍한 너랑 놀아줄까 싶었던 거거든!"

자존심을 회복하려 휙 내뱉은 말이었다.

그리고 실수였다.

해도 되는 말이 있고, 안 해도 되는 말이 있었다.

민우는 불쌍하다는 말에 얼굴을 굳혔다.

"피차 잘 됐네요. 그럼 안녕히."

싸늘한 얼굴을 한 민우가 휙 돌아서서 택시를 잡았다.

지현은 화들짝 놀라 자기변호를 했지만, 이미 민우는 절뚝절뚝 제 갈 길 갔을 뿐이었다.

"아, 아니 그게 아니라…."

결국 지현이 한숨을 푹 내쉬었다.

오빠나 동생이나, 감정 표현이 참 서툰 남매였다.

❖

얼마나 피곤했던지, 민우는 택시를 타자마자 바로 깊은 잠에 빠져들었다.

얼마나 잤을까?

귀에 파리 앵앵 거리는 소리마냥 뭔가 울렸다.

– …님, 일어… 세요. 손님.

벌떡!

순간 기계라도 다가왔나 싶어 벌떡 일어나며, 허리춤에 있던 손도끼에 손을 가져갔다.

"드디어 일어 나셨네요. 도착했습니다."

세드에 있는 택시는 택시 강도를 방지하기 위해, 운전석과 손님석이 방탄유리로 막힌 형태였다.

까닭에 건들지 못하고 말만 걸어서 깨웠던 모양이다.

"드디어 일어나셨네요. 도착 했습니다."

"아… 벌써요?"

"어휴, 많이 피곤하셨나 봐요."

세드에서는 보기 드문 친절이었다.

근래에 들어 살기 좋아졌구나, 하는 생각도 잠시.

미터기를 보자 기분이 싹 가라앉았다.

50만 원.

자는 사이 서구 시내를 빙빙 돌았다는 뜻이었다.

'그럼 그렇지, 쌍.'

최근 들어 지훈, 칼콘, 가벡 같은 특이한 인물들과 같이 다녀서 그렇지, 여기는 세드였다.

중범죄도 난무하는 도시였다.

이런 가벼운 경범죄가 적을 리 없었다.

싸늘한 침묵이 계속되자 택시 기사가 안달이 났다.

여기서 사기 친 게 들통 났다가는 여태까지 쓴 기름 값이 더 나올 판이었다.

무조건 속여서 돈 받아내야 했다.

"가디언 차량 통제가 걸려서, 좀 돌아 왔습니다."

되도 않는 거짓말이다.

마음 같아서는 깽판 부리고 싶었지만 그냥 넘겼다.

어차피 오늘 벌어온 돈만 반올림 4억이다. 굳이 푼돈가지고 감정소모 하고 싶지 않았다.

'불쌍한 인간. 그냥 적선한다고 생각하자.'

카드를 건네자 택시 기사가 미터기를 확 긁었다.

찌지직– 찌직, 찍–

"여기 카드랑 영수증입니다."

민우는 카드를 받아들며 말했다.

"아저씨, 앞으로 이런 짓 하지 마세요."

한 마디 내뱉자 택시 기사가 잠시 당황했다. 하지만 말 그대로 잠시였다. 이미 돈 받았다고 생각한 걸까?

굽실거렸던 택시 기사가 버럭 소리를 질렀다.

"아니, 무슨 소립니까! 차량 통제 걸렸다니까!"

서구는 바둑판형 계획도시였다.

직선으로 10블록 막지 않는 이상 충분히 돌아갈 수 있다.

전쟁이 나지 않는 이상 그렇게 막을 일은 없었다.

'와, 진짜 이 사람 철면피가….'

그냥 사과하면 조용히 넘어가려 했거늘, 방귀 뀐 놈이 성을 내니 이쪽도 화가 나기 시작했다.

"나이 먹고 부끄럽지도 않아요? 푼돈 가지고."

나이라는 말에 택시기사가 버럭 화를 냈다.

"뭐, 나이? 너는 부끄러운 거 알아서 나이 많은 사람한테 그렇게 바락바락 대들어!? 어디 애매비도 없어 뵈는 새끼가 어른한테 눈 똑바로 뜨고 쳐다 봐!"

목소리 큰 놈이 이기고, 싸우기 싫은 놈이 져주는 것도 정도껏이었다. 불안전한 치안 속, 가족을 잃을 사람이 태반인 시대에 부모 욕?

살인이 나도 할 말 없는 상황이었다.

하지만 민우는 머리끝까지 화가 올랐어도 일단 참았다.

성격 자체도 버럭 하는 성격이 아니거니와, 일단 분쟁이나 논란이 생기면 피하고 보는 습관 때문이었다.

'참자, 저런 사람 한 둘이냐. 어차피 나 말고도 다른 사람이 언젠가는 죽일 사람이야…'

가만히 있자, 택시 기사는 더욱 신이 나서 떠들었다.

"거 보니까, 어디 폐품 하나 주워서 돈 잘 번 졸부새끼 같은데. 너 그렇게 살지 마라! 딱 봐도 애매비 없는 거 티 팍팍 내지 말라고, 새끼야!"

다시 한 번 쏟아진 부모 욕에 머리가 핑 돌았다.

만약 예전이었다면 어떻게 했을까?

손해를 봐도, 더러운 일을 당해도 전부 참아 넘겼을 것이다. 집에서 혼자 씩씩거리며 '좋은 게 좋은 거야.'라고 분이나 삭히고 있었겠지.

근데 이제는 그러기 싫었다.

답답한 일 뻥뻥 뚫어주는 지훈과 같이 다녀서?

일을 쳐도 뒤를 봐줄 든든한 동료들이 있어서?

헌팅을 하며 격한 일을 자주 겪어서?

전부 아니었다.

이제 민우는 토끼나 쥐가 아니었다.

한 사람 당당한 헌터였고, 정보꾼이자, 길잡이었다.

호랑이까진 아니어도 적어도 사슴 정도는 됐다는 말이다.

그리고 사슴은 초식 동물 중 매우 난폭한 편에 속했다.

우두머리가 아닌 서열 중간에 있는 사슴은 특히 더더욱.

"야 이 개 같은 새끼야!"

민우가 버럭 소리를 지르자 택시 안 공기가 급변했다.

공수 변경 신호였다.

"뭐, 뭐? 개새끼!?"

택시 기사가 더욱 언성을 높였지만 신경 쓰지 않았다.

"그래, 우리 부모님 돌아가셨다. 그래서 뭐. 너는 살아남아서 좋겠다? 근데 너 어떻게 살아남았냐? 도망쳤겠지, 그래서 벌레마냥 살아남았겠지, 이 씨발놈아!"

말 그대로 사실이었다.

몬스터 아웃브레이크, 국지전 난무하는 개척 시대, 종족 전쟁. 인류는 세 시기를 넘어오며 엄청난 인구를 잃었다.

그 중에 살아남은 사람?

이겨내고 살아남았거나, 도망쳤거나 둘 중 하나였다.

전자였다면 여기서 비루한 사기나 치고 있지 않는다.

정곡을 찔린 택시 기사가 울컥해서 버럭 소리를 질렀다.

"애새끼가, 미쳐가지고 못 하는 말이 없네. 이상한 데서 시비나 걸고 말이야. 경찰 불러. 경찰!"

경찰.

각성자가 민간인과 싸울 경우 당연히 각성자에게 불이익이 붙었다. 심하면 가디언이 들러붙어서 가중 처벌까지 받는다.

근데 민우는 일반인이다.

각성 안한 게 좋은 날이 올 줄은 꿈에도 몰랐다.

"불러, 씨발. 근데 그 전에 네가 내 손에 죽을 걸?"

고민할 것 없이 민우가 손도끼로 방탄유리를 내려쳤다.

총알도 튕겨내는 방탄유리가, B등급 아티펙트에 마치 설탕 공예물 마냥 부서졌다.

와장창!

본디 목줄에 묶인 개가 더 크게 짖는다고 했던가?

방탄유리가 사라지자 택시 기사가 입을 다물었다.

"내가 부모님 안 계시거든. 그래서 부모 있는 놈들이 제일 부럽고 질투 나. 그래서 내가 할 수 있는 게 딱 하나 있어."

택시 기사가 겁에 질려 아무것도 하지 못했다.

"지, 진정 하세요 손님. 저는 그냥…."

"그게 뭔지 알려줄게. 바로 네 새끼들 애비 없는 놈들로 만들어 줄 수 있는 거야."

죽인다는 뜻이었다.

민우는 가방에서 MP5를 꺼내 들었다.

탄창에 탄약은 없었지만, 총 자체로도 비주얼 쇼크였다.

"방금 말실수로 하나로 네 자식새끼들도 부모 없는 놈들이 된 거야. 잘 알아 둬."

"제, 제발… 목숨만은…!"

택시 기사가 빌었지만, 민우는 방아쇠를 당겼다.

틱!

공이 때리는 소리가 택시에 울려 퍼졌다.

"허억… 허억… 허억…."

택시 기사가 숨을 몰아쉬었다.

"아저씨. 무서워?"

민우가 부르자 바로 반응하는 택시 기사였다.

"어, 어… 뭐?"

총이 없어지자마자 바로 반말로 바뀐다.

그 모습이 고까워서 한 대 때렸다.

뻑!

"악! 왜, 왜 그러세요!"

"말조심하고 다니세요. 그러다 죽어요 진짜."

"아, 알겠습니다… 죄, 죄송합니다."

이제 한국은 포탈이 열리기 전과 같은 국가가 아니었다. 과거 미국이나 필리핀처럼 입을 굉장히 조심해야했다.

이유야 간단했다.

옛날에야 아무리 험한 말 하고 다녀도 주먹다짐이 끝이었지만, 지금은 총 맞기 때문이었다.

게다가 치안도 불안정해서 누가 난사 때리고 도망치면 잡을 수 있을지도 미지수였다.

툭.

민우는 가방에서 뭔가를 던졌다. 돈이었다.

"이, 이건 뭡니까?"

"유리하고 깽값. 가서 애들 닭이나 하나 먹여요. 더럽게 사기 쳤는데, 뭐 벌어가는 거라고 있어야지."

굉장히 모욕적인 처사였지만, 택시 기사는 군 말 없이 돈을 챙겼다. 민우는 그걸 보고는 택시에서 내렸다.

"똑바로 사세요. 부끄러운 줄 알라고."

부르르르릉 –

내리자마자 택시가 부리나케 도망치듯 떠났다.

민우는 그 모습을 보고 상황이 끝났다고 생각되자, 다리가 미친 듯이 떨려왔다.

'어… 이, 이거 왜이래.'

이런 감정 처음이었다.

중배와 일을 하며 가끔 사람 죽이는 걸 보긴 했지만, 직접 누군가를 죽인다고 위협한 적은 처음이었다.

아무리 토끼가 사슴이 됐다고 한들 초식 동물이라는 사실은 변하지 않는다. 고기를 먹으려 하니 속이 불편할 수밖에.

그럼에도 왠지 모르게 속이 시원한 건 왜일까?

'집에 가자. 피곤하다. 쉬고 싶어….'

⊕

　민우는 집에 도착하자마자 가벡에게 수표와 현금으로 이루어진 정산금을 건넸다.

　"이게 뭐지?"

　"돈. 네 꺼야. 근데 너 또 이상한 짓 안 했지?"

　민우가 매의 눈으로 방 안을 훑었다.

　저번에 방 한가운데다 똥 싸지르고는, 손으로 밑을 닦아 벽에다 칠한 가벡이었다. 그걸 보고 기겁을 해서 절대 그러면 안 된다며, 배변 훈련(?)을 시켰었다.

　"하! 날 어떻게 보는 거지?"

　목 아래까지 '개새끼' 하는 말이 올라왔다 내려갔다.

　"저번에도 말했지만, 저기 뜨거워지는 기계랑, 돼지 코 같은 구멍은 절대 건들지 마. 알겠어?"

　각각 전기 버너와 콘센트였다.

　전자는 집 홀라당 태워먹을 가능성이 있었고, 후자는 젓가락 2개 꽂았다가는 본인을 홀라당 태워먹을 수도 있었다.

　"뭐 이렇게 위험한 게 많지? 내가 봤을 때 여기가 가시산맥보다 위험한 것 같군."

　가벡 입장에서는 그렇게 느낄 법도 했다.

　가시 산맥에야 마음에 안 드는 놈 있으면 쥐어 패면 그만이고, 산짐승 만나도 쳐죽이면 그만이었다.

근데 인간의 도시에선 물건 하나, 호기심 하나가 치명적인 위협으로 다가왔다.

아무 생각 없이 콘센트에 젓가락을 넣는다거나,

길 건널 생각으로 왕복 6차선 도로를 건넌 다거나,

버너를 만지다가 화상 혹은 화재를 내거나,

가볍게 두드려 줄 생각이었는데, 이빨이 뽑힌다거나 등.

산에서 했던 대로 한 것뿐인데도, 모조리 위험했다.

'아니 저건 진짜 말하는 산짐승도 아니고….'

민우는 그 모습이 그저 답답하게만 보였다.

"그래, 잘했어. 지금 피곤하니까, 나중에 어떻게 쓰는 물건들인지 하나하나 알려줄게. 일단 나 잔다."

민우는 안대와 귀마개를 끼고 침대에 누웠다.

'아, 요즘 왜 이렇게 날카롭지. 아파서 그런가?'

잘은 알 수 없었다. 하지만 잠들기 전, 각성 전에 몇몇 사람들이 특이 행동을 한다는 걸 떠올렸다.

아파서 슬슬 앓는다거나,

감정 제어가 안 된다거나,

키, 몸무게가 급격히 변하거나,

혹은 '난폭' 해 지던가 등이 있었다.

'에이 설마… 내가 무슨 각성이야. 잠이나 자자.'

민우는 침대에서 눈을 감았다.

권능의 반지

권능의 반지

95화. 비극과 희극, 한 블록 차이

드르렁- 드르렁-

안대, 귀마개로 무장 한 채 코를 고는 민우였다. 가벡은 그 모습을 보다 조용히 화장실로 향했다.

저번에 바닥에 쌌다가 호되게 한 소리 들은 탓이었다.

"끄으!"

무슨 몸에 맞은 총알 빼내듯, 우렁찬 신음이었다.

그리고 그에 보답하기라도 하듯….

뿌- 웅-!

몸에서 가스가 뿜어져 나왔다.

육식을 선호하는 식습관에, 생고기도 가리지 않고 먹는 식습관 탓에 냄새가 정말 끝내줬다.

토악질 몇 번 했을 냄새지만, 가벡은 웃었다.

"냄새 좋군! 전사답다!"

개뿔은 나발이 전사다.

무슨 코에 붙이면 코걸이, 귀에 붙이면 귀걸이도 아니고 이상한 곳에는 죄다 전사, 투사 소리 붙이는 가벡이었다.

"참 신기하군. 인간들은 왜 이런 걸 만들었지?"

신기하다는 물건의 정체는 변기였다.

항상 땅에다 볼 일을 보고 파묻거나, 푸세식 화장실만 이용하던 가벡이었다. 수세식을 보자 너무 신기했다.

게다가 비대까지 달려있으니, 과연 문화 충격이었다.

삑ー

졸졸졸ー

우악스런 손가락으로 세정을 누르자 물이 튀어나왔다.

"오~ 오오… 오! 오~."

무슨 노래를 부르는 것 마냥 이상한 소리였다.

가벡은 한참이나 세르가즘(?)을 느낀 뒤 손을 움직였다.

아니, 움직이려다 말았다.

'손으로 닦지 말고 종이로 닦으라고 했던가.'

고개를 돌렸다. 휴지를 봤다. 없다.

'어떡하지?'

닦을만한 종이를 찾았지만, 딱히 마땅한 게 없었다.

한참동안 고민하길 잠시. 가벡의 머리에 떠오른 게 있었다.

바로 돈이었다.

현금 뭉치는 무겁기에 밖에 있었고, 지금 주머니에 있는 종이는 1억짜리 수표 3장.

'그래. 이걸로 닦으면 되겠다.'

돈의 가치를 아는 사람이었다면 게거품 물며 말렸겠지만, 그 가치를 모르는 가벡으로서는 그냥 종이로만 보였다.

애초에 숫자를 1000이상 몰랐으니 어쩔 수 없었다.

벅벅~

비적– 비적.

수표로 물기를 다 닦고는 그대로 변기에 났다.

'휴지는 변기에. 그리고 볼 일 다 봤으면…'

스위치를 눌러서 변기를 작동시켰다.

쏴아아아아아–

개고생 해서 번 돈 중 1억이 날아가는 순간이었다.

❖

5시간 뒤 민우가 이 소리를 듣고는 미친 사람처럼 날뛰었지만, 가벡은 그저 갸웃거리기만 했다.

"여기 노란색 많다. 뭐가 문제지?"

5만 원과 1억 원을 동일선상에 놓는 가벡이었다.

더 이상 요행을 봤다가는 화병으로 죽을 것 같았다.

까닭에 민우는 결심했다.

"나가, 이 새끼야!"

그렇게 1억은 변기로, 가벡은 밖으로 쫓겨났다.

⊕

지훈은 소파에 앉아서 핸드폰을 만지작거렸다.

시연 때문에 신경 쓰였기 때문이었다.

헌팅이 끝난 후, 칼콘 나들이 중, 집에 돌아와 하루 푹 쉬며 틈틈이 문자를 보냈지만 답장이 하나도 오질 않았다.

'화 많이 났나?'

전화라도 걸어볼까 싶었지만 역효과가 날 것 같아 그만뒀다. 내버려 두는 게 좋을 거라 판단됐기 때문이었다.

입장 바꿔 생각해 보면, 화날 만 한 사건이었다.

지훈이 연구원이고, 시연이 헌터라고 생각해 보자.

근데 헌팅 다녀와서 일주일 간 골골거린 사람이, 병원 나오자마자 다시 헌팅을 나간 뒤 10일간 연락이 끊긴다?

당연히 속이 뒤집어진다.

'나중에 꼭 미안하다고 얘기해야겠다.'

지금은 하고 싶어도 받아주질 않으니 어쩔 수 없었다.

연락이 닿질 않아 굉장히 불편했지만, 그렇다고 하루 종일 시든 꽃 마냥 우울하게 있을 필요는 없었다.

연인 사이는 서먹해졌지만, 친구의 몸이 회복됐다.

울 땐 울더라도, 웃을 땐 웃어야 하지 않던가.

어떻게 할 수단이 없는 시연은 조금 뒤로 밀어두고, 지금은 휴식 및 기쁨을 만끽하는 데 집중했다.

방금 죽을 고비 넘어왔는데, 바로 머리 아픈 문제 붙잡고 고생하고 싶지 않았다.

'조금 정도는 더 쉬어도 되겠지.'

바로 칼콘에게 전화를 걸었다.

뚜르르- 뚜르르-

"으응, 여보세요?"

어째 방금 일어났는지 목소리가 쾡하다.

"나다."

"응, 너야."

전화기 너머로 여자가 재잘거리는 소리가 들려왔다.

"뭐야, 너 톨퐁이랑 헤어지지 않았냐?"

"헤어졌지."

잠시 눈알 굴리며 칼콘이 원래 카사노바 끼가 있던가나 고민했지만, 털어냈다.

저건 카사노바라기 보단 욕망의 화신에 가까웠다.

"그럼 여자소리 뭔데?"

"그냥 하룻밤 아는 여자."

하룻밤 아는 여자라는 말에 전화기 너머로 여자가 투덜댔지만, 칼콘은 짧게 '저리 가.' 라고 일축했다.

"근데 무슨 일로 전화한 거야?"

"네 일 잘 풀린 거 축하해야지. 술 먹자, 새끼야."

"좋지! 오늘은 양 옆에 여자 끼고 먹을까?"

아니 감옥에 들어갔다 나왔기라도 했나?

성욕이 넘치다 못해 말투에까지 묻어났다.

"됐어, 인마. 여자는 무슨 여자야. 우리 먹을 술도 부족한데, 왜 돈 내가며 이상한 여자한테 술을 먹여 주냐."

"술도 먹고! 고기도 먹고! 여자도….

뒤에 괴상한 동사가 붙을 것 같아서 말을 끊었다.

실제로 간혹 식인을 하는 오크인지라, 칼콘이 저런 말 내뱉으면 어감이 이상했다.

"됐어. 그런 자리는 나중에 네 돈 내고 실컷 즐기고, 지금은 그냥 시체 구덩이에서 술이나 한 잔 하자."

"알겠어! 몇 시?"

대충 시간을 훑었다.

오후 5시였다.

"저녁 먹고 7시 쯤 나와라."

"그때 봐~ 지훈."

뚝.

이후 민우와 가벡도 시체 구덩이로 불러냈다.

다 같이 고생했으니 당연한 결과였다.

"그 때 까지 나와."

"예, 형님… 저 병원 좀 들렸다 가도 돼요?"

다쳤던 걸 깜빡했던 지훈이었다.

"아, 그렇네. 몸 좀 괜찮나?"

"좀 쉬면 나아지던데, 이번엔 통증 좀 있네요. 그냥 치료사 찾아가 보려고요."

병원과 달리 간단한 치료 마법으로도 돈 몇 백 빠졌지만,
벌이가 벌이인지라 아깝지 않은 민우였다.

"늦게 오거나, 아프면 안 와도 되니까 무리하지 마라."

"네… 그건 문제가 아닌데 가벡이…."

"가벡이 또 왜?"

"에휴, 아닙니다 형님. 가서 말씀 드릴게요."

민우는 왠지 모르게 힘이 없어 보이는 모습이었지만, 딱히
묻지 않고 전화를 끊었다.

'자 그럼 약속시간 전에 생각해 뒀던 일 좀 해볼까.'

드레스 룸으로 향해 간만에 멋을 좀 내봤다.

적당히 달라붙어 다리가 길어 보이는 검은 면바지에, 무지
브이넥 티셔츠, 자주 애용하는 갈색 재킷을 걸쳤다.

'괜찮네. 역시 옷걸이 받쳐줘서 그런가?'

잘 생겼다기 보다는 한 마리 잘 빠진 고양잇과 맹수 냄새
풀풀 풍겨 보이는 외모였다.

하지만 남자들이 자주 하는 착각이 있었다.

나 정도면 중상은 하지 않나? 잘 생겼다.

수컷 DNA속에 박혀있는 본능이니 어쩌랴.

옷을 차려입은 이후에는 홀스터에 일반 9mm 탄환을 장전
한 글록을, 허리에는 일반 단검을 하나 찼다.

도시라서 중무장을 할 필요는 없었지만, 워낙 척 진 사람이
많아서 조심해야 했기 때문이었다.

"나 어디 좀 다녀온다. 늦을지도 모르니까 일찍 자라."

"엉~"

지현은 소파에 누워 이쪽도 보지 않고 대충 인사했다. 그 모습이 TV에 당장이라도 들어갈 것 같아 보였다.

한 마디 할까 하려다 그만두고 현관문을 열었다.

　　　　　　　　✧

이제는 애마가 된 벤츠를 몰고 뒷골목으로 향했다.

편안한 승차감을 느끼고 있자니 시연 생각이 났다.

슬쩍 씁쓸해져, 시야를 아래로 내렸다.

차, 옷, 핸드폰, 미리스타일, 방향제.

그 어느 하나 시연의 손이 닿지 않은 물건이 없었다.

– 아직도 화났어?

문자를 보내봤지만, 역시나 돌아오는 답은 없었다.

너무 까칠하게 보내는 것 같아 한 발자국 양보해 볼까 싶었지만, 이내 그만뒀다.

어색했거니와, 방법도 모르기 때문이었다.

　　　　　　　　✧

가까운 공영 주차장에서 내려 뒷골목으로 향했다.

굳이 먼 곳에서 내린 건 차도둑을 염려한 까닭이었다.

누가 훔쳐간다고 해도 삼일 안에 잡아다 조질 수는 있었지만, 그 과정이 너무 귀찮았다.

'이쪽에서 발 뗐는데, 뭘 또 엮여. 내가 조심하고 말지.'

직접적인 피해를 입지 않는 한, 될 수 있으면 피해가려고 마음먹는 지훈이었다.

익숙한 걸음으로 뒷골목에 들어갔다.

초저녁부터 문을 연 홍등가를 지나, 양아치들이 까트를 피는 골목길을 가로질러, 뒷골목 중앙에 있는 가게에 도착했다.

— 잡화. 아티펙트도 취급.

사람도 취급하는 주제에 잡화점이라니 우스웠다.

아니, 사람도 잡화 취급 한다고 봐도 옳다는 점에서 도리어 섬뜩해 해야 할까?

알 수 없었다.

뚜벅, 뚜벅.

코끝을 자극하는 화약 냄새와, 퀴퀴한 곰팡이 냄새는 언제 맡아도 익숙해지질 않았다.

아마 익숙해지는 그 순간이 사람이 아닌 뒷골목의 괴물이 되는 순간이리라.

계단을 내려가는 내내 낡은 라디오 소리가 났다.

— 안녕하십니까, 5시 뉴스의 김식권입니다. 요즘 들어 커다란 사건이 자주 터지는군요. …… 정철수 교수가 오늘 공식으로 신금속에 대한 기자회견을 열었습니다. …… 해당 금속은 강도는 C등급 정도지만, 이능을 조금이나마 강화 …… 이

상입니다.

정철수.

그가쉬 클랜 일로 도와준 것은 물론, 저번 호위 임무에서도 지훈이 직접 목숨을 살려준 인물이었다.

동시에 칼콘의 팔과 다리를 날려먹은 놈을 만나게 한 원인이기도 했고 말이다.

'결국 저 빌어먹을 신금속 연구 끝냈나보군.'

교수는 신금속 연구가 끝난 뒤 원석을 가져오면 정제해 주겠다고 했지만, 딱히 달갑지는 않았다.

아직 칼콘 부상 건으로 앙금이 남아있기 때문이었다.

'그 빌어먹을 흑인 새끼. 다음에 보면 절대 살아서 도망가게 내버려 두지 않겠다.'

직접 씹어 먹지 않으면 속이 시원하지 않을 것 같았다.

이를 벅벅 갈며 가게 문을 열자, 지훈 말고도 다른 손님이 먼저 와있었다.

딱 봐도 뒷골목 사람으로 보이는 사람 둘이 월급쟁이로 보이는 사람을 꿇어앉혀 놨다.

상황이 좀 과격해 보였기에 그냥 지켜봤다.

"석중 할아버지. 그게 원래 주식이라는 게 오를 수도 있고, 내릴 수도⋯."

"거 시끄럽디. 뭐 변명이 그래 많니?"

"하, 한 번만 더 기회를 주십쇼! 제가 반드시⋯."

"내 제일 싫은 놈이 있으이, 귀 열고 잘 들으라."

석중은 카운터 너머로 손톱을 손질하며 말을 이었다.

"니 같이 쩐 갖고 혀 놀림 하는 놈들이 제일 싫다. 와. 나한테 와서 한 번만 기회 달라 하므, 다른 놈들이 그르듯 아이고 한 븐 드 하세요~ 할 것 같았니?"

"시, 실수입니다. 이건 온전히 제 실수…."

"맞디. 그러니까 갚으라."

"뭐, 뭐 해서 말입니까?"

석중은 손톱을 들어 후~ 불었다.

앞에 있는 남자 따위 안중에도 없다는 태도였다.

"요즘 각토… 뭐? 그 손톱 길쭉한 곰 비슷한 두발 괴물 있디. 그거 잡으려면 생사람을 미끼로 써야 한다 하드마. 너 거 해라. 살아 돌아오면 없던 일로 해준디."

칵톨레프.

이유는 모르겠지만 주변에 인간이 있을 시 최우선으로 공격하는 괴상한 짐승이었다. 손톱이 C등급 아티펙트 재료로 이용되는지라 인기가 많은 헌팅 대상이었다.

주로 인간을 미끼로 사용해 유인해서 잡았다.

원래대로라면 미끼가 제일 위험한 만큼 큰 몫을 받는 게 정상이었지만… 대부분은 그냥 일회용으로 쓰고 버렸다.

미끼를 철창에 묶어 놓으면 칵톨레프가 알아서 뜯어먹다 생포 당하는데, 굳이 뭐 하러 미끼한테 몫을 준단 말인가.

긴 말 할 거 없이, 그냥 죽으라는 얘기였다.

"빨리 이 더러운 거 내 앞에서 치우라."

뒷골목 남자 둘이, 월급쟁이를 질질 끌고 갔다.

지훈은 셋이 사라지자마자 석중에게 이죽거렸다.

"거 대부분 나이 들면 동정심도 좀 늘고 감수성도 풍부해지지 않소? 거 내가 싸이코 새끼들 여럿 봤는데, 그 중 할배가 단연 최고라고 자부할 수 있소."

권능의 반지

96화.

괴짜와 시한폭탄

권능의 반지

96화. 괴짜와 시한폭탄

NEO MODERN FANTASY STORY

범죄 조직 두목.

연쇄 살인마.

사이코패스.

밀수업자.

저 네 가지 동시에 만족하는 사람?

그게 바로 석중이다.

"하이고, 거 어디 방사능 묻은 개새끼가 똥 묻은 개새끼 나무라는 소리 하고 있니. 거 빨리 뒤지래도 명줄 참 길디."

"내 소원이 하나 있는데, 죽기 전에 이 가게 앞에 있는 C4로 불꽃놀이 한 번 하는 거 보고 싶네."

"거 한 번 보지 그르니?"

석중이 기폭기를 주물럭거렸다.

"거 지랄하지 마쇼. 저번에 썼던 거 또 속겠소?"

"겁 없는 거 보니, 새끼 한 번 뒤져봐야겠디."

석중은 아무런 망설임 없이 버튼을 눌렀다.

펑!

커다란 폭음!

지훈이 자세를 낮추며 욕설을 내뱉었다.

"씨발!?"

뭔가 싶어 살펴보니, 천장에서 폭죽이 터졌다.

"푸하하하, 새끼. 역시 언제 봐도 놀리는 맛이 있디."

웃어 재끼는 석중을 보니, 속에서 부아가 치밀었다.

탕! 탕! 탕!

화딱지가 나서 글록을 꺼내 카운터를 쏴버렸다.

쩍 소리가 나며 방탄유리에 총알 먹은 흔적이 남았다.

"거 새끼, 날뛰는 거 보라. 무섭디."

"유리가 너무 얌전하지 않소? 내 예쁜 장식 몇 개 달아준 거니, 고맙게 생각하쇼. 씨발."

석중이 픽 웃었다.

피차 저 행동이 과격한 장난임을 알기 때문이었다.

"그래, 오랜만이다. 뭔 일로 왔니?"

"사람 좀 찾아주쇼."

"눈데?"

찾아야 할 사람은 2명이었다.

한 쪽은 이름밖에 아는 게 없었고, 다른 한 쪽은 대충 정보는 있는데 이름을 몰랐다.

"하나는 서권곽. 이름 밖에 모르오. 이름 보니 한국 아니면 짱개 같은데, 일단 무덤은 지금 공동묘지에 있소."

"공동묘지? 뒤졌니?"

살아있을 가능성은 없었다.

지훈이 직접 시체에서 반지를 꺼내지 않았던가.

"그 사람 정보가 필요하오."

아쵸프무자는 태양에 너무 가까이 다가간 필멸자는 타 죽기 마련이라고 했다.

하지만 지훈 역시 지금 같이 일하는 상대가 시한폭탄인지, 아니면 단순 괴짜인지 알아야만 했다.

'네 맘대로 움직일 수 있는 편한 장기짝이 돼 줄 생각은 단 한치도 없다, 아쵸프무자.'

이를 꽉 깨물었다.

"이름 말고 정보는?"

"알 수 없소. 아마 싸움 좀 하던 사람 같소."

그렇지 않고서야 최상위 관리자를 뚫고 기록을 가져갈 수 있을 리 없었다.

아무리 반지가 강하다지만, 배불뚝이 옆집 아저씨를 세계를 구할 영웅으로 만들어 줄 정도는 아니었다.

싸움 깨나 하던 지훈도 만드라고라에게 잡아먹힐 뻔 하지 않았던가?

"알겠다. 다음."

"최소 B등급 이상 각성자. 불 계통 발현계 이능을 쓰고 있었소. 흑인이었고, 키는 꽤 컸으며, 영어를 쓰고 있었소."

이후에도 여러 가지를 설명해 줬다.

총알을 자동으로 막는다거나, IED를 던져 멀리서 기폭 시킨다는 것 등이었다.

석중은 얘기를 듣고는 슬쩍 입을 다물었다.

"그거랑 비슷한 아 중에, 내 아는 새끼 하나 있긴 하다."

"누구?"

지훈의 눈에서 붉은 분노가 흘러내렸다.

"내가 아는 그 새끼 맞는 거면, 니 지금 벌집 쑤시는 거다. 아니지, 벌집이 아니라 포미시드 굴 들어가는 거다."

벌이고 개미고 나발이고 다 필요 없었다.

그 뭐가 막아서든 죄다 쳐죽일 생각이었다.

"할배, 내 물었잖소. 누구냐고!"

"말 못한다. 그래도 혹시 모르니, 내 조사는 해보그마."

석중이 등을 돌렸다.

지훈은 카운터에 다가가 버럭 소리를 질렀다.

"당장 말하쇼! 누구냐고!"

"내 이제 피곤하디. 니 이제 돌아가라."

지훈은 한동안 카운터 앞에서 버럭 소리를 질렀지만, 이내 뒤로 물러날 수밖에 없었다.

촤라라라락!

석중이 카운터 보호 장갑을 내렸기 때문이었다.

"내가 원하는 정보가 나오길 기대하지. 그럼 다음에 봅시다, 할배."

석중은 CCTV로 지훈이 멀어지는 걸 살펴봤다.

'새끼 뭐 한다고 언더 다크랑 엮일라 하니. 그냥 헌터 하면서 쉬운 일 잡아서 편히 돈이나 벌고 여자라 안으라. 날뛰는 것도 정도껏 해야지, 니 그러지 진짜 뒤진다.'

석중은 한숨을 푹 내뱉었다.

❖

약속 시간까지 시간이 애매하게 남았다.

집에 가기도, 어디 시간 죽일 곳을 찾기도 애매했기에 그냥 시체구덩이로 향했다.

"오~ 지훈. 오래간만!"

스토커. 아니 주인은 손을 들며 지훈을 반겼다.

비록 한 달 전에는 적으로 만났지만, 지금은 단지 술집 주인과 한 사람의 고객으로 만났기 때문이었다.

물론 주인이 지훈을 좋아하는 이유도 있고, 지훈은 주인이 스토커라는 걸 모르는 이유도 있었다.

만약 주인 = 스토커라는 걸 알았다면 당장 총부터 들이밀며 죽이려 들었겠지.

"골든 하플링 맥주로 한 잔."

가볍게 손을 들며 말했다.

예전에는 비싸다며 입도 안 대던 물건이었거늘, 지금은 아무렇지도 않게 주문했다.

꿀걱 – 꿀걱 –

"그래서, 오늘은 무슨 일?"

"다 같이 회포 풀러 온 거야."

"알겠어. 그럼 괜찮은 기집애들 준비해 놓을게."

지훈이 얼굴을 팍 굳혔다.

"그 쪽 말고. 술, 새끼야. 술."

"지훈은 참 이상한데서 착실해. 이렇고 저런 세상인데 그런 건 좀 뒤로 밀어놔도 괜찮지 않아?"

더 이상 잡담하고 싶었기에 그냥 본론을 꺼냈다.

"사람을 찾는다."

"누구?"

주인 역시 사에서 공으로 태도를 바꾸며 되물었다.

대충 대상을 알려주자, 주인은 슬쩍 웃음을 지었다.

'미안해, 지훈. 안타깝게도 나는 알려줄 수 없어. 난 네가 자살하러 가게 내버려 둘 수 없어.'

물론 입으로는 거짓을 담았다.

"알겠어. 찾자마자 바로 연락할게."

이제 볼일은 전부 끝났다.

지훈 혼자 앉아서 맥주를 들이 키고 있자니 칼콘, 민우, 가
벡 순으로 도착했다.

"어. 다들 왔냐? 오늘은 미친 듯이 놀자."

- 오빠 정말 나빠요 ♬
- 어떻게 여자한테 그런 말 할 수 있어요? ♪
- 나도 어디 가서 꿀리는 여자 아닌데 ♬
- 이상하게 오빠 앞에만 서면 약해져 ♪
- 오빠 정말 나빠요, 오빠 나쁜 남자에요 ♬
- 오빠 정말 나빠요, 오빠 나쁜 남자에요 ♬
- 근데 왜 이렇게 두근거릴까요? ♪
- 나도 내 맘을 몰라. ♬

술을 마시고 있자니 걸그룹 노래가 흘러나왔다.

"어, 이거 신데렐라 퍼퓸 신곡이네요."

민우가 슬쩍 끼어들며 곡 이름이 '나쁜 남자'라고 했다.

가사를 들어보니 대충… 못된 남자가 있는데, 지네들이 그
남자가 좋다고 하는 내용이었다.

'지랄을 해라, 지랄을.'

자기들 인성이 쓰레기면서, 무슨 자기는 아무것도 모르는
순진한 것 마냥 가사를 쓴 게 고까워 보였다.

'다시 한 번 뒷골목에 집어 던져져 봐야 정신을 차리지.'

화를 삭이는 지훈이었다.

나중에 안 사실이었지만 저 가사는 호진(리더)이 직접 쓴 거였고, 저 '나쁜 남자'는 지훈이었다.

물론 아무리 좋대봐야 저런 여자들 한 트럭 가져다 줘도 사양이었다.

"저 상자에 나오는 여자들은 창녀들인가?"

가벡은 야한 의상을 입고 춤을 추는 아리를 보며 말했다.

"연예인이야. 스타."

"옷 입은 게 꼭 창녀처럼 보이는군. 왜 인간들은 저런 것에 열광하지? 알 수 없군."

민우가 인간 세계 관광 가이드마냥 설명해줬다.

"쟤네 엄청 유명해. 팬클럽, 일종의 추종자도 있을 걸?"

"팬클럽? 그런걸 뭐 하러 하지? 쫓아다니면 교미라도 해주나?"

인간 세상에 대한 무지와, 야만인이라는 특성이 겹쳐지자 정말 기절초풍할 대답이 튀어나왔다.

칼콘도 가끔 저런 말을 하긴 했지만, 저 정도는 아니었다.

"그러게. 왜 따라다니지? 정말 해주는 거야?"

칼콘이 당장 팬클럽에 들어갈 기세로 물었다.

저 정도는 아니었다고? 정정한다. 틀렸다.

저 놈이나, 이 놈이나. 그 놈이 그 놈이었다.

지훈과 민우는 두 배로 머리가 아파오는 걸 느꼈다.

"됐다, 새끼들아. 그냥 술이나 처먹어."

결국 납득시켜 주는 걸 포기하고 술이나 진창 먹었다.

얼마나 마셨을까?

문득 민우가 큰 소리를 냈다.

"맞다, 형님. 들어보세요. 가벡이 있잖아요⋯."

1억을 그대로 변기에 흘렸다는 얘기였다.

그 얘기를 듣자마자 지훈과 칼콘이 웃음을 터트렸다.

"거 봐, 지훈. 쟤가 나보다 심하다니까."

"인정, 새끼야. 인정. 저거 진짜 상또라이 새끼네."

"그쵸 형님. 제가 이상한 거 아니죠?"

셋이 본인을 비웃음에도, 가벡은 전혀 알아듣지 못하고 고개만 갸웃거렸다.

"휴지 한 장 가지고 뭘?"

휴지 한 장에 1억?

금수저도 못할 돈지랄이었다.

돈의 가치를 가르쳐 주기까지 한참 걸릴 것 같았다.

일행은 가벡이 '도대체 뭐가 문제인지 나는 하나도 모르겠다.'라는 표정을 짓고 있는 가벡을 향해 한 마디씩 했다.

"에라, 병신아."

"1억이면 집도 구할 수 있어."

"제발 돈 단위 좀 익히자, 가벡. 응?"

다들 한 마디씩 하자 화가 난 듯 그르렁 거리듯 큰 숨소리를 내는 가벡이었다.

"내버려 둬. 나중에 지가 얼마나 큰돈을 똥 닦는데 썼는지 알면 알아서 피 똥 쌀 거다."

한 동안 즐거운 잡담이 계속 됐다.

주 화제는 유적 수색에 관한 내용이었다.

아무래도 이번에는 칼콘이 빠졌던 터라, 이것저것 궁금한 게 많은 모양이었다.

"민우, 어떤 장소였어?"

"기계가 엄청 많았어요. 레이저도 쏘고, 터렛 같은것도 있고. 네비게이션도… 솔직히 저도 뭐가 뭔지는 잘 모르겠어요. 살아 나온 게 신기하네요."

레이저, 터렛, 네비게이션.

칼콘이 전혀 모르는 단어가 나오자 그냥 고개만 까닥였다.

"가벡, 어땠어?"

"어떻긴 뭐가 어때. 그냥 이 곤봉으로 녀석들 골통을 날려 줬다. 댕~ 댕~ 울리는 손맛이 일품이더군."

손맛이 일품은 개똥이 일품이었다.

자랑하고 싶었는지, 어째 최상위 관리자랑 엄청나게 많은 기계군단 얘기는 쏙 빼놓고 얘기하는 가벡이었다.

'살아 돌아온 게 다행이다.'

만약 아쵸프무자가 1초라도 늦었다면?

나란히 바싹 익은 시체가 됐을 게 분명했다.

보통 일반 헌터들이 방어구를 살 때 신경 쓰는 요인은 2가지였다. 물리 방어력, 방탄 효과.

하지만 최근 들어서 지훈 일행이 파이로, 최상위 관리자 같은 강적들을 만나보니 생각이 달라졌다.

'방전, 방화. 둘 다 조심해야한다.'

저 녀석들 상대로는 아무리 단단한 갑옷도 쓸모없었다.

만약 불로 갑옷을 가열한다면?

만약 고열 레이저로 갑옷을 절단 한다면?

만약 갑옷 째 전기로 지져 버린다면?

무장해제 혹은 방어 무시 공격의 가능성이 있었다.

'다음 헌팅 나가기 전에 장비 좀 사야겠군.'

그렇게 생각을 정리하고 다시 대화에 끼어들었다.

유적 조사에서 살아 돌아온 게 겨우 이틀 전이었다. 당장 머리 싸매고 고민 할 것 없었다.

지금은 잘 쉬어서 체력과 정신을 최적의 상태로 유지해 놓는 게 훨씬 중요했다.

고개를 돌리니 최상위 관리자에 관한 화제로 뜨거운 얘기가 진행되고 있었다.

"칼콘, 잘 들어봐요. 막 두꺼운 레이저 웅~ 쏘는데 다 뒤질 뻔 했어요. 내가 EMP 까서 다 살아 온 거에요!"

"에이, 설마. 거짓말 하는 거지?"

칼콘은 확인하고 싶다는 듯 가벡을 쳐다봤다.

가벡은 조용히 고개를 TV로 돌려버렸다.

"크라토스다. 쓸데 없는 얘기 그만하고 저거나 봐."

크라토스라는 말에 칼콘의 눈이 획 돌아갔다.

병원에서 즐겨 봤던 방송인지라 흥미가 돋는 모양이었다.

"인간 방송 중에는 저게 제일 재밌더라!"

권능의 반지

97화.

지금 나한테 시비 건 거냐?

권능의 반지

97화. 지금 나한테 시비 건 거냐?

NEO MODERN FANTASY STORY

― 이번 매치는 전직 미군 출신 헌터, 제이콥과 일본의 유명한 검도 선수 출신 와타나베의 경기입니다!

딱히 별 재밌어 보이는 화제가 있는 것도 아니었기에, 지훈도 별 생각 없이 TV로 시선을 옮겼다.

격투기 같은 룰 있는 경기보단, 무규칙 진흙싸움을 더 선호했지만, 아무래도 보는 건 전자가 더 재밌었다.

― 예, 인사드리는 순간 막 경기가 시작됐습니다! 두 선수 언제 봐도 파이팅이 넘치는군요!

제이콥스의 무장은 소위 바스타드 소드라 불리는 응용성 좋은 서양 검이었고, 와타나베는 일본도를 들고 있었다.

깡! 깡! 챙! 깡!

둘 다 저항이 어느 정도 높은 각성자였는지, 둘 다 날이 선 강철 검을 들고 있었다.

'서양 검과 일본도인가. 아무래도 서양 쪽이 우세하겠군.'

사대주의가 아니라 사실이었다.

들어간 재료와 무게만 따져도 서양 검이 압승이었다.

등급 차이가 나면 모를까, 같은 등급이라면 힘으로 부딪치는 순간 얇고 가는 일본도 쪽이 부러질 게 당연했다.

그나마 날 손상을 최소화 하려면 칼을 흘리면서 횡이동을 해야 했는데, 그것도 열 댓 번이었다.

- 말씀 드리는 순간 데미지! 와타나베 선수 왼쪽 팔을 맞았습니다!

와타나베의 왼쪽 팔에서 붉은 액체가 팍 튀었다.

피는 아니고, 방송을 위해 붙인 일종의 퍼포먼스였다.

실제로 부상 가능성이 있는 무기를 지급하면 그건 무투경기가 아닌 야만적인 살인경기였다.

근데 그렇다고 상처, 피 하나 없이 퍽퍽 소리만 나게 내버려 뒀다간 재미가 없을 게 당연했다.

이에 크라토스 측은 무기에 몇 가지 마법을 걸어 놨다.

타격 시 실제로 맞은 것 마냥 피가 터지는 것 같은 이펙트는 물론, 부상을 흉내 낸 가벼운 마비 효과였다.

'끝났네.'

일본식 검술에 대해 잘 알지는 못하는 지훈이었지만, 딱 봐도 알 수 있었다.

– 아! 제이콥, 검으로 와타나베의 목을 노립니다!

훅!

스릉!

파바바박!

제이콥의 와타나베의 목을 때리자, 와타나베의 목에서 피가 나는 이펙트가 터져 나왔다.

딱 봐도 가짜였지만, 진 선수 입장에선 굉장히 모욕적인 연출이리라. 와타나베는 약 30초간 가짜 피를 쏟아내다 쓰러졌다.

"푸하하! 못 한다. 내가 해도 저거보단 잘하겠다!"

칼콘이 낄낄거리며 비웃었다.

아무래도 헌팅 다니느라 대인끼리 무기 주고받을 적은 인간과 달리, 칼콘은 아예 병사로써 '인간을 죽이는 훈련'을 받은 오크였다.

당연히 대인 전투에 뛰어날 수밖에 없었다.

지금은 인간들의 도시로 망명한 터라, 그 기술을 부릴 일이 적었다는 게 그나마 다행이었다.

'칼콘을 적으로 만난다면?'

생각만 해도 끔찍했다.

친구 때문이라서가 아니었다.

전투 종족 특성으로 인해, 각성 안 하가도 전투 능력치가 3개나 E등급인 녀석이었다. 아마 지금은 반지의 영향으로 각성까지 했으니, 아마 그것보다 훨씬 더 높아져 있으리라.

거기에 잘 훈련 된 전투 실력까지 합쳐진다면?

총을 다룰 때는 어버버할 지 몰라도, 손에 검과 방패 쥐어주고 동급 인간이랑 붙이면 백에 구십은 칼콘이 이긴다.

"그럼 한 번 해볼래?"

"응? 그게 무슨 소리야?"

"크라토스, 한 번 나가보지 않겠냐고."

진심을 담아 말했다. 어차피 다음 헌팅을 나가기 전 까지 한 달 정도 푹 쉴 생각을 하고 있던 차였다.

그 간 칼콘은 좀이 쑤셔 버티지 못할 테니, 병원에서 질리도록 봤던 크라토스를 한 번 쯤은 하게 해 줘도 괜찮을 것 같았다.

'방송 보니까 헌터 짓 하면서 크라토스 뛰는 놈들 많아 보였으니 상관없겠지.'

실제로 방금 싸웠던 제이콥도 군인 그만두고 헌팅 뛰고 있는 사람이었다. 크라토스는 부업 정도였고 말이다.

칼콘이 눈을 반짝반짝 빛내며 물었다.

"정말? 나 해도 돼?"

"정말이지, 그럼 가짜겠냐."

신이 났는지 크게 웃으며 맥주를 들이키는 칼콘이었다.

"가벡, 너는 안 해? 너도 싸우는 거 좋아하잖아."

"죽고 죽이는 싸움이 아니면 시시하다."

민우의 물음에 가벡은 짧게 부정했다.

1억 건으로 신나게 말로 두들긴 까닭에 삐친 걸까?

뭐 아무렴 어떠랴.

한 동안 크라토스 관련으로 시끄럽게 떠들고 있자니, 옆에 앉아있던 남자들이 퉁명스럽게 말했다.

쾅!

맥주이 테이블에 부딪치는 소리에서, 적잖이 화가 났음을 알 수 있었다.

"거 존나게 시끄럽네. 조용히 좀 합시다?"

흥미로운 상황이었다.

보통 세드에서는 서로 간에 시비를 잘 안 걸었다.

그 이유로는 크게 세 가지가 있다.

1. 상대가 총을 가지고 있거나, 각성자일 가능성이 있다.

2. 치안이 불안정하기 때문에 진짜 죽을 수도 있다.

3. 혹여 상대방이 깽 값으로 마법 치료 받는다고 하면 손해 배상 및 합의금이 엄청나게 올라간다.

특히 3번 때문이었다.

만약 어디 다쳤는데 병원 치료가 아닌 마법 치료 받겠다고 배 째라는 식으로 나오면?

툭 건드리고 합의금만 3~4000 깨질 수 있었다.

까닭에 부유한 사람이 아닐 경우, 저 돈 낼 바에는 그냥 사람 하나 죽여 버리고 타 국가 개척지에 밀입국 하는 편이 훨씬 싸게 먹혔다.

실제로 가까운 러시아 개척지만 해도 치안이 개판인지라, 한국 범죄자가 여럿 숨어 있었다.

'하, 어떤 미친 새끼들이야?'

저런 이유들을 다 뛰어넘고 시비를 건다?

어지간히 자기 실력에 자신이 있거나, 참지 못할 정도로 기분 나쁜 일이 생겼거나. 둘 중 하나였다.

"우리가 좀 시끄러웠나 보군. 주의하지."

시비 때문에 사람 병신 만들고 싶진 않았기에 굽혀줬다.

하지만 가벡은 그러기 싫었는지, 즉각 반응했다.

"주의? 웃기는 소리. 저 녀석이 우릴 모욕했다. 이러고도 가만히 있으라고?"

칼콘은 동감하는 듯 싶었으나 지훈의 눈치를 살폈고, 빈우는 사소한 일 때문에 싸울 필요 있냐는 표정을 지었다.

"참아. 여기서 싸움 나면 누구 하나 병신 된다."

세상이 불안정해 지면서, 인간은 문명인이 되기 위해 거세했던 야만성을 되살려냈다.

싸움이 나도 적당히 따위는 없었고, 무시 받으면 곧 밟혀 찌그러진다는 공포감에 굉장히 공격적으로 변했다.

그건 이번 경우에도 똑같으리라.

하지만 가벡은 인간이 아닌 그냥 야만인이었다.

"싫다. 내가 왜 네 명령을 들어야 하지?"

한숨이 나왔다.

"네가 싸우는 건 안 말리는데, 나랑 계속 같이 다니고 싶으면 앞으로 내 말을 듣는 게 좋을걸."

적당히 설득하려는 찰나, 시비 건 남자들이 끼어들었다.

"왜, 무서워서 오줌 지릴 것 같냐? 쫄보 새끼."

지훈을 향한 말이었다. 웬만하면 참으려고 했거늘, 화살이 이쪽으로 향하자 생각이 달라졌다.

귀찮아서 피한거지, 절대로 무서워서 피한 게 아니었다.

배부른 호랑이를 건드려 굳이 죽음을 자초한 쥐에게, 도 넘은 아량을 베풀 필요는 없었다.

'시체는 석중 할배한테 부탁하면 되겠군.'

요즘 칸톨레프 사냥철이라 그렇지 않아도 인간 육편이 잔뜩 필요했을 터였다.

"하, 뭐 이 새끼야?"

당장이라도 쳐죽일 듯 일어서자, 시비를 걸었던 남자도 환영이라는 듯 벌떡 일어섰다.

상대는 넷, 이쪽도 넷.

아주 사소한 계기라도 있으면 서로가 서로에게 달려들 것 마냥 분위기가 차갑게 내려앉았다.

그리고 총 소리가 들렸다.

탕!

눈 여덟 쌍이 소리의 근원지로 급히 돌아갔다.

"자기들. 여기 테이블이랑 의자 바꾼 지 얼마 안 됐어. 내가 심판 봐줄 테니까 싸우려면 같이 나갈까?"

시비 건 남자들은 딱히 아무 말 하지 않고 주인과 지훈의 대답만 기다렸다.

"심판은 무슨 심판이야, 그냥 이 놈들 헛바닥만 뽑으면 되니까 참아. 금방 끝난다."

그 와중에 가구가 부서진다면?

그냥 변상하면 됐다.

달려들려는 찰나 주인이 다시 한 번 말했다.

"나 가디언에 신고 넣는다? 그러면 피차 귀찮잖아. 게다가 이 총 안에 든 총알 굉장히 좋은 녀석이라 D등급 아티펙트도 관통한다고? 나 지훈은 쏘고 싶지 않아."

가디언은 곤란했다.

각성자에게는 가중 처벌이 생기기 때문이었다.

헤죽 웃는 주인의 얼굴에 얼핏 살기가 스쳐 지나갔다.

"좆대로 해라, 이 빌어먹을 새끼야."

결국 지훈 일행과 시비 건 남자 일행 둘 다 시체 구덩이 뒷마당으로 향했다.

주변 건물들에 둘러싸여 밖에서는 볼 수 없는 공간이었다.

그 모습이 누구 하나 죽어도 어디로 새어나가지 않을 것 같아 묘하게 피 냄새가 풀풀 나는 것 같았다.

그걸 증명하기라도 하듯 뒷마당 구석에 이름 모를 피가 잔뜩 굳어 있었고, 그 옆에는 도살도구가 걸려 있었다.

"장소는 신경 쓰지 마."

주인은 가까운 나무 상자에 앉으며 말을 이었다.

"어차피 다들 법이네 뭐네 하기 귀찮았잖아. 신고 없이 누가 죽거나 다쳐도 일절 책임을 묻지 않기. 어때?"

신고가 없다면 이쪽은 도리어 그런 룰이 더 좋았다.

"이 쪽은 환영이다."

"우리도 그 쪽이 좋아."

양측 다 합의했다.

"그래, 여기 마법 걸어놔서 소리가 안 새어 나가니까, 총도 쏴도 돼."

꼭 크라토스 특등석에 앉은 관객 같은 말투였다.

헤실헤실 웃는 모습이 굉장히 밉상이었지만, 지훈과 취객 그 누구도 신경 쓰지 않았다.

당장 앞에 있는 놈 때려죽이기도 바빴기 때문이었다.

"그럼 시~작!

시작이라는 말과 함께 제 각기 장비를 꺼내들었다.

[장비 현황]

[지훈 일행]

지훈 – 글록 (9mm 탄환 17발), 나이프 (일반)

가벡 – 오류기기 파괴용 곤봉 (B등급), 단검 (일반)

칼콘 – 왼 손 (B등급), 왼 발 (B등급)

민우 – 비무장.

[취객 일행]

A - MP5 (기관단총, 탄종 모름)

B - 식칼처럼 보이는 단검 1개. (알 수 없음)

C - 쇠파이프. (일반으로 보임)

D - 토카레프 (권총, 탄종 모름)

"혀, 형님! 저는 어떡해요!"

민우였다.

도시에서는 무기를 휴대하지 않는 모양이었다.

"뭐야, 너 무기 없어?"

"네, 네…!"

"에휴, 이거 써 이 새끼야!"

홀스터에 꽂힌 글록을 민우에게 대충 던져줬다.

이후 누구부터 조질까 고민하며 눈을 굴리고 있자니 상대방이 총을 꺼내는 걸 발견했다.

눈살이 찌푸려졌다.

본인이야 일반 탄환 정도는 맞아도 상관없었지만, 민우, 가벡, 칼콘은 안 된다.

장비 없이는 총알이 그대로 몸에 박히기 때문이었다.

MP5에 들어가는 탄수는 20발.

드르륵 긁어도 인당 2~3발 씩은 맞겠다.

대충 짓밟아 주겠다는 생각이 확 날아갔다.

싸움에서 총을 꺼냈다는 건 상대를 죽일 생각이라는 얘기였다. 그리고 그 얘기는….

본인도 죽을 각오를 했다는 거였다.

'이능 발동, 가속!'

펄떡, 펄떡, 펄떡!

심장이 마치 8기통 엔진처럼 미친 듯이 피를 펌프질하기 시작했다!

바로 총을 든 녀석에게 달려들었다!

타타타탓!

"씹- 이능력 사용자!?"

아마 시비건 상대가 이능력을 사용할 줄 안다는 사실에 절망했겠지만, 이미 때는 늦었다.

타타타타타타탕!

취객의 MP5에서 엄청난 속도로 불이 뿜어져 나왔지만, 지훈은 단 한 발도 피하지 않았다.

양 팔로 가드하듯 얼굴과 상체를 가리고 돌진했다!

퍼버버버버벅!

수 없이 많은 탄환들이 몸에 부딪쳤다.

원래대로라면 딱딱한 탄환이 여린 살과 내장을 헤집어 놔야 했지만, 이번에는 예외였다.

이미 저항이 E를 넘어 D에 다다른 지훈이었다.

OTN 대구경 탄환이나, 대전차 기관총이면 모를까 손톱만한 9mm 가지고는 택도 없었다.

타타타타탕!

퍼버버버벅!

과거 포미시드 전투 같은 광경이 펼쳐졌다.

조금 다를 게 있다면 이번엔 지훈이 탄막을 버티며 기다리고 있었다는 것 정도였을까?

'빌어먹을, 오라질나게 아프네.'

고통을 견디며 때를 기다렸다.

재장전을 한다면 그 사이 처죽이면 됐고,

총구를 돌려 탄막이 사라지면 바로 돌진하면 됐다.

'대충 열 발인가.'

결국 취객은 모든 탄환을 지훈에게 발사했지만, 안타깝게도 지훈을 쓰러뜨릴 수는 없었다.

틱! 틱! 틱!

탄약이 비었다는 증거.

공이가 허공을 때리는 소리.

그 소리를 신호로 지훈이 바로 달려들었다.

"다 쐈냐, 씹새끼야?"

〈5권에서 계속〉